NEČIJE ŽELJE SU TVOJA REALNOST

NEČIJE ŽELJE SU TVOJA REALNOST

Mika Altun

Globland Books

Dve stvari nikako ne podnosim. Slabu kafu i slabe muškarce. Ako već piješ kafu, onda neka bude onakva kakva i treba da bude. Crna i jaka. U suprotnom, pij čaj. Ako već želiš muškarca pored sebe, neka bude isti takav.

Kada kažem slab, ne mislim ni na fizičku ni na materijalnu jačinu. Već na mentalnu. Ako je nežniji od tebe, onda bi se i trebao zvati ženom. Uh, ne kažem da bi trebao biti propalica koja sve rešava pesnicama i ne ume drugačije čak ni da razgovara. Ali stena iza koje bi se mogli skloniti i odmoriti malo, svakako da. Ne želim muškarca koji će me juriti okolo, tepati nadimcima poput „kuco, maco" i slično. Suviše ljigavo, suviše... odvratno. Ne kažem da ne bi trebao uopšte pokazivati bilo kakavu vrstu nežnosti i privrženosti, ali u dovoljnoj meri da ostane ono što treba da bude, muškarac! Ženu već imam, sebe. Potrebno mi je nešto drugačije. Ne kažu uzalud „druga polovina". Od dve iste ništa dobro ne možete uraditi, zar ne? Šta biste mogli sa dve leve patike, recimo? Nefunkcionalno! Uvek bi vam samo jedna noga bila obuvena. Par! Razumete? Zato se zove par...

Pored toga, ako smo već opšte prihvatili rečenicu da iza svakog uspešnog muškarca stoji žena, onda bi to jednako značilo i da ispred svake žene stoji muškarac. Kao štit, kao otpor na sve metke koje život puca prema njoj. Zar ne? Tu je da je zagrli, da joj pruži podršku, da vodi! Da, on je taj koji treba da vodi. Ne da juri za njom, puzeći, da joj se umiljava, da joj na apsolutno sve povlađuje. Mi, žene umemo da budemo jako komplikovane i najveći deo vremena uglavnom i ne znamo šta ni zašto hoćemo. Zato ti je potreban neko dovoljno jak i priseban da te usmeri kada počneš da lelujaš pod vetrom. Ako sam ja ta koja treba njega da vodi i pokazuje mu put... onda izvinite, ali mogu i sama. Nikada mi neće biti jasne žene koje vole da naređuju muškarcma i isteruju svoje „ja" po svaku cenu. Šta im je zanimljivo u tome? Ali, opet, ko sam ja da osuđujem? Ne, ne bih se usudila da osudim. Jer, svi smo mi različiti. Poštujem različitosti. Samo, ne mogu da se ne zapitam... kuda je nestao taj opšti prirodni poredak koji je nastao još u kamenom dobu? Feministikinje će me sada progutati, ali molim vas, ne shvatajte to tako plitko i jednostrano. Slažem se da žena ne treba biti ugnjetavana, nipošto zapostavljena niti ne daj bože zlostavljana. Treba da ima svoje ja, svoj posao, svoj put i svoje želje koje će slediti. Ali, činjenica je da je sve to otišlo predaleko i obrisalo mnoge granice koje nisu smele biti obrisane. Zato smo kao društvo tu gde jesmo. Više niko nije siguran u sebe ni put kojim se kreće. Žene su postale „prejake", a muškarci „preslabi". Nema te zlatne sredine koja je uspostavljala neki red.

Zamislite da smo sa ovakvim poretkom u kamenom dobu. Muž sedi kući, žena ide u lov... zar se to samo meni ne uklapa? Pa, dobro, ako su ljudi na taj način srećni, onda nemam ništa protiv. Samo, sve manje oko sebe viđam srećna i zadovoljna lica. Svaku ženu koju pogledam izgleda izgubljeno, muškarace koji ne znaju šta bi u stvari trebalo da učine. Poenta je da niko ne zna gde je krenuo ni odakle je pošao. Sve je nekako zbrkano.

E, pa takav mi je jedan potreban. Onaj koji stoji čvrsto na zemlji. Koji zna šta želi i ide po to. To je ta „jačina" koja mi je potrebna. Pusti sad fizički izgled. To je najmanje bitno. Dobro sad, budimo iskreni. Mora da postoji neka doza privlačnosti. Ali to je već stvar ukusa. Jedina stvar o kojoj nikada nema rasprave. Na primer... ja bih vam mogla reći da je moj tip muškarca kao napred navedeno crn, ali moja će me drugarica dematovati prevrtanjem očiju, kao što već jeste, kada sam pala na onog plavog... dobro, njene reči su bile „žuti", ali to je sad najmanje bitan detalj. Takođe, njene su reči bile da se izgleda trudim da nađem najružnijeg... ali verujte mi... objektivno gledano, ja mogu reći da nije nešto lep. Ali to nema apsolutno nikakvog smisla jer je imao energiju koja mi je toliko prijala da mu nijedan model ne bi mogao parirati. Dakle, poenta je da nije sve u lepoti. Spoljašnjoj. Ali jeste sve u unutrašnjoj. Takođe, toliko puta ponovljna fraza... da opet, ljudi i ne znaju šta traže. To vam je isto kao i duša. Svi je pominju i znaju da postoji tamo negde, čak sam negde pročitala i da teži 21 gram?! Ali nije fizički entitet i niko ne zna gde se nalazi. Ipak, svi samo u nju veruju. Ona je jedina iskrena i samo njoj se može verovati na reč kakav čovek stoji pred tobom. Ne znam gde se nalazi, ali opet, ako je verovati još jednoj najčešće izgovorenoj rečenici da su oči ogledalo duše onda valjda oči dođu nešto kao monitor gde možete videti reprodukciju tog filma koji njegova duša nosi.

Pa, dobro... sada tako potkovani znanjem iz umotvorina i mudrosti, trebalo bi da znamo na koju stranu da krenemo i lako ga nađemo, zar ne? Ma jok... opet ne znam gde bih. I onda dođem u situaciju da se zapitam: da li je moguće da od sedam milijardi ljudi na ovom svetu zaista ne postoji čovek koji bi mi mogao parirati? Kako su svi ovi ljudi oko mene našli svog para? Zašto se univerzum samo protiv mene urotio i kada misli da prestane da vodi taj tihi rat sa mnom kome ne znam ni povod? Opet, kažu dovoljno jako želi i dobićeš! Još jedno sra*e. Ne bih mogla više želeti ni da se kloniram pa da deset mene žele istovremeno. I gde je?? Nigde na vidiku. Šta radim pogrešno? Koja je to karma? Uvek sam se trudila sa svima da budem fer i korektna. Ako sam i odbila neke koji mi se nisu sviđali imala sam prava na to! Jer heloooou... nisu mi se dopadali. Učinila sam uslugu i sebi i njima što ih nisam zavlačila. Ne možete me kažnjavati zbog toga. Uostalom, sve... mršavije, deblje, starije, mlađe... sve su uspele da pronađu ono što im je potrebno... šta nije u redu sa mnom?! Uostalom, za šta ili koga i treba da bude „kako treba". Takava sam kakva sam... samo hoću svog para baš takva! Zar stvarno tražim previše?

Rekli su da su tridesete godine najbolje. Tada znaš tačno dovoljno da živiš tako da uživaš u životu. Ha! Reći ću vam iz prve ruke da su najgore, ako ste sami. Svi mlađi još su deca koja ne znaju dalje od nosa, a svi stariji su već razvedeni sa po minimum dvoje dece ili još uvek u brakovima, koji traže avanture. Oni koji su vaših godina, ne planiraju ništa ozbiljno jer su sad stali na noge i uhvatili zamah da se provode kako žele, ne trebaju im obaveze. Ma... na kraju sve dođe na isto. Ono sa početka. Niko ne zna šta hoće. Čast izuzecima koji su uspeli da nađu i sačuvaju brakove u staromodnom stilu u ovom nenormalnom svetu.

Da rezimiramo. Želim pored sebe čoveka koji će imati svoj život i posao ali se jednako zauzimajući i za moj. Da mi bude podrška i pratnja na mom putu ostvarenja snova, da me čuva i drži za ruku. Figurativno i doslovno. Ali ne da „balavi" nada mnom u javnosti. Zna se gde se šta radi. Da ima stav i jačinu. Da se pored njega osećam slobodno koliko i zaštićeno pa i od sebe same ako je potrebno. I, naravno, voljeno... pa je li toliko teško?

Nažalost, izgleda da jeste. Život je ništa drugo do Rubikova kocka. Nikada ne uspeš složiti sve kockice. Ili kada ih složiš to bude onda kada nestaneš, kada te više ne bude. Ali dok si živ, okrećeš te stranice čekajući da se sve poklope pa da kažeš sada je dobro sve, sada mogu biti srećan. Svi mi odlažemo svoju sreću dok ne poklopimo kockice nesvesni da živimo čekajući ne znajući ni sami šta. A onda se osvestiš i vidiš da su godine prošle pored tebe dok si ti neumorno slagao...

Još uvek si bogu hvala zdrav, roditelji su ti dobro, svi su dobro, imaš posao, krov nad glavom... ali nemaš ljubav? Ili je možda taj redosled drugačiji pa nešto drugo od pobrojanog imaš ili nemaš... zaključak je da nešto uvek nedostaje... nikada nisi potpun. Moj redosled stvari je baš ovako kako je pobrojano. Onda, sednem pa se zapitam. Imam sve ono što mnogi ljudi nemaju. Sve sem ljubavi? Da li u božjim očima izgledam nezahvalno zato što kukam da mi nedostaje ljubav? Onda me uhvati strah da bi me mogao kazniti ako bude mislio da ne cenim dovoljno ono što mi je već dato. Ali nije tako. Beskrajno sam zahvalna. Samo... ja sam osoba kojoj je ljubav potrebna poput vode ili vazduha. Teško je živeti bez nje. Ne kažem da ne postoje osobe koje me vole. Porodica, prijatelji. Ali... ili to nije ta vrsta ljubavi koja mi nedostaje ili mi je očigledno potreban drugi način na koji bi i oni pokazali svoju ljubav. Znam samo da mi nije dovoljno. Nikada je nisam osetila. Ja verujem da je svako na svoj način pružio... ali to nije bio način koji je meni bio dovoljan da se ikada osetim... voljenom.

Zašto se toliko gnušate ljubavi i ismevate je kao da je nešto sramno? Ona je zaista potreba, poput šestog elementa. Zamislite kakav bi to svet bio bez ikakve vrste ljubavi? Da li bi uopšte opstao? Ljubav nam je svima potrebna. Svakome je potrebno da čuje i zna da je voljen, potreban, važan.

Zato... nemojte me osuđivati što je tražim kao žedan vode, kao gladan hleba... Nečije želje su tvoja realnost... rekli su mi. Imaš ono što mnogi nemaju.

To je trebala biti dovoljna uteha. Ali nije bila. Samo je učinla da se trenutno postidim jer „tražim hleba preko pogače".

Jer isto tako su moje želje nečija realnost...

Majra Jork

To je trebala biti dovoljna uteha. Ali nije bila. Samo je učinla da se trenutno postidim jer „tražim hleba preko pogače".

Jer isto tako su moje želje nečija realnost...

I POGLAVLJE

- Majra -

Da, ta poslednja kolumna koju sam objavila izazvala je opšti haos. Nije prvi put da pišem o ovakvim temama, ali izgleda da je ovo javno otvaranje duše prihvaćeno sa ovacijama. Ljudi vas obično doživljavaju na različite načine. Sve to je u stvari samo njihovo mišljenje, koje polazi od njihovih stavova. Dakle, uglavnom pogrešno. Niko vas uistinu ne poznaje. Većina je takođe sklona osuđivanju. Koja proističe iz zavisti. Voleli bi da mogu biti na vašem mestu. Jer tuđa je trava uvek zelenija. Tuđi život uglavnom lakši za živeti. Niko nema jasnu sliku o tome kako se osećate ni šta proživljavate.

Ukoliko ste na neki način poznata ličnost, taj je osećaj utoliko veći. Vidi nju. Ide joj super u životu. Volela bih da sam na njenom mestu. Da nemam ove svakodnevne probleme. Pa, pogodite šta? I oni imaju probleme. Da, čudo živo, da ne verujete. Ali i bilo kojoj poznatoj ličnosti dešava se isto što i vama na dnevnom nivou. Ali, iz nekog razloga ljudima to ne možete tako lako dokazati. Neko ko u njihovim očima ima sve ne može biti nesrećan. Ne može patiti. Ne može žaliti. Ne može se kajati. Jer je prosto... savršen kao i njegov život.

Daleko sam od holivudskih zvezda ili tome slično, ali moje je ime postalo opšte poznato zahvaljujući kolumnama koje pišem o svakodnevnom životu. Ljudi ih čitaju. Ljudi ih vole. Zato sam i opstala toliko dugo na toj sceni. Možda ne znaju moj lik, ali u njihovim očima ja sam neko nedostižan, neko ko zna i uživa u životu. Pa, možda je upravo to što sam ogolila svoju dušu na neki način izazvalo tolike ovacije i stavilo ovu kolumnu u žižu interesovanja. Majra Jork nema tako savršen život! O, moj bože! Pa, ona nema savršenog muškarca pored sebe. Kako je to moguće?

Okorele feministikinje, one koje su zaboravile na granice o kojima sam pisala, nisu želele da u mojim rečima vide i objašnjenje pa su jedva dočekale priliku da me napadnu. Sa druge strane, muškarci ili bar oni koji sebe tako nazivaju, sa ovacijama su pozdravili to što sam na neki način branila njihovu čast. Hm... mislim da niko nije pogodio poentu. Niko nije shvatio onako kako je trebalo.

Ali opet, tu smo. Kao što rekoh, opšti haos. Opšti uspeh. Jer, i loša reklama na kraju je reklama, zar ne? Mišljenja su dakle bila podeljena i otvorena je debata koja nije imala konca ni kraja. Sve se pretvorilo u lavinu. Ali, jedno je bilo sigurno. Moj je urednik bio zadovoljan. Sa njegove tačke gledišta, ostvarila sam ogroman uspeh!

Kažu da je osećaj usamljenosti jedan od najgorih mogućih koji vas mogu pogoditi. A ja ću vam reći da je mnogo gore osećati ga dok su oko vas ljudi, nego kada i zaista ostanete sami i prepušteni sami sebi. Oko vas je gomila ljudi, a vi eto ni svoj uspeh nemate sa kime podeliti. I on onda ničemu ne služi. Jer čim se inicijalni adrenalin spusti vi ste opet sami u svoja četiri zida, vapite za jednim zagrljajem koji nemate od koga dobiti. Prijatelji? Oh, da, oni pravi radovaće se sa vama i pohvaliti vas, dati vam podršku. Porodica? Pa, moja će reći OK, ali kada ćeš naći pravi posao??? Vidite? Zato mi je potreban onaj koga sam opisivala. Da ćuti. Ne mora ništa reći, ali da je prosto tu, da me zagrli i ćuti zajedno sa mnom jednom kada se magla raziđe, prašina slegne i sve utihne. E, to je već vreme koje može zahtevati malo nežnosti.

Dok sam sprovodila istraživanja o novoj temi kojom bih se mogla pozabaviti u narednoj kolumni, iako će se ova dugo zadržati na dnevnom redu, pristigao mi je imejl od mog prijatelja Karla:

Upravo čitam tvoju novu kolumnu. Razvalila si! Bravo! Iako moram priznati da nisam imao pojma da tako nešto nosiš u sebi. Nikada nisi pomenula da ti je potreban takav tip muškarca. Možda sam imao nekoga na umu...

Nešto je u meni zatreperilo na te reči. Tačnije, na ovoj poslednjoj rečenici. Nije mogao misliti na sebe? Ili možda ipak... ne. Karlo je bio moj poverenik. Moj prijatelj. Veoma zgodan prijatelj, moram priznati. Privlačan takođe. Hm...

Karla sam upoznala pre nekih šest godina. Kao deo postdiplomskog rada postojala je opcija boravka diplomaca u drugoj zemlji radi istraživanja i pisanja rada. Karlo je bio postdiplomac iz Italije koji je došao u London tom prilikom. Radili smo na zajedničkom projektu i tako se zbližili. Nakon što se vratio u Italiju nastavili smo da razmenjujemo mejlove. U početku, ali jedno vrlo kratko vreme, to se ticalo posla, o kome sam više govorila ja nego on. Ali vrlo brzo spustili smo se na lestvicu privatnog i postali jedno drugom neka vrsta poverenika. Zanimljivo je to da se nikada nismo čuli, niti videli od tada, ali smo ostali verni dopisivanju preko mejlova. Makar jednom nedeljno pričali bismo jedno drugom o tome šta se kome dešava u životu. Ostali smo pri takvom obrascu jer je na neki način bilo mnogo lakše. Kada pričate sa nekim takoreći imaginarnim likom, ispovedate se bez bojazni da bi vas mogao pogledati osuđujuće. Kada znate da nemate nikakva očekivanja u vezi sa tom osobom, da se ne morate ni podsvesno truditi da joj se dopadne pa da zbog toga morate glumiti i ono što niste, osećate neopisivo olakšanje da podelite sve ono što vas muči. Možete potražiti ili čak iskamčiti savet koji bi bio jednako nepristrasan kao da ga dobijate od nekog stranca. To što nije bio tu stalno, što je ostavljao otvorenu opciju da izrazite svoje misli i osećanja bez srama bilo je blagoslov.

Da li sam ikada poželela da se sretnemo ponovo? Da, naravno, mnogo puta. Ali nikada nisam to inicirala. Ni ja ni on. To bi sve upropastilo. Nismo se pratili čak ni na društvenim mrežama. Moja najbolja drugarica, Kia, imala je teoriju da on ima ljubomornu ženu koju krije ili makar devojku, ali verovala sam da bi mi to rekao. Uostalom, nismo imali ništa jedno od drugog, zašto bi to krio. Nismo nikada ni pomenuli išta u tom pravcu. Delili smo ista interesovanja, šale, prijateljstvo. Govorio mi je o svom životu i pomenuo bi žene koje bi kroz njega prošle, kao bilo kom prijatelju. I koliko sam znala do sada se nijedna nije zadržala. Iz njegovih reči, nije im tu ni bilo mesto. Ista je situacija bila i kod mene. Verovatno smo se zato tako dobro i razumeli.

Sa druge strane, razmišljanja jednog muškarca su mi mnogo pomogla u pisanju mojih kolumni, bez osećaja pristrasnosti. Tako da ne, ne bih ni za živu glavu ništa od toga menjala jer ako bismo se zbližili na bilo koji drugi način sve to bi jednostavno propalo. Nisam bila spremna da ništa od toga stavljam na kocku.

II POGLAVLJE

- Gabriel -

Možda sam se poslednjom rečenicom malo odao. Ali, nisam razmišljao puno. Vodio me je adrenalin. Prilika koju sam video pred sobom. Možda bih konačno mogao sve promeniti. Reći joj. Ne za ovu prevaru, to svakako ne, ali da je uputim na sebe... na pravog sebe. Jer, upravo sam to i postao. Ono što joj je potrebno. Muškarac kakvog je želela. Njena poslednja kolumna me je bukvalno preporodila. Dala nadu koju čekam svih ovih godina. Svetlo na kraju tunela. Konačni cilj na vidiku. Zato sam zbrzao.

Majra Jork nije bila ni svesna da je upravo nesvesno takvog muškarca sebi i stvorila. I to samo svojim postojanjem. Samo svojim draæesnim osmehom zbog kojeg sam bio spreman sve da učinim. Samo da se nikada ne ugasi.

Majru sam upoznao pre nekih šest godina. Moj rođak, Karlo, bio je na studijskom programu u Londonu, kao postdiplomac novinarstva. Ja sam u to vreme upravo završavao istoriju umetnosti, upravo u Londonu. Odseo je kod mene za to vreme. Plan je bio da se po završetku njegovih obaveza obojica vratimo u Italiju gde sam imao obećano radno mesto u Firenci. Taj plan se i realizovao, ali ne bez smetnji.

Oduvek sam bolje funkcionisao ako napravim plan kojeg ću se držati i onda usmerim svu svoju energiju da do njega dođem. Ali, život je to. Nikada nisi siguran šta ti sprema. Čak te i navigacija navede na pogrešan put. Istok postane zapad, kreneš levo i naiđeš na jednosmernu ulicu pa moraš da skreneš desno... i na kraju moraš delati u trenutku. Doneti odluku. Preseći. Brzo.

Moj rođak, Karlo, oduvek je bio magnet za ženski pol. Trudio se on ili ne, a uglavnom i nije morao. Imao je tu lepotu koja privlači i harizmu koja zadržava. Ja sam pored njega bio takoreći neugledan. Iako, u svoju odbranu, bez i malo skromnosti mogu reći da sam i sam bio na zavidnom nivou. Ipak, nisam imao osobinu rasipanja šarma okolo na bilo koga. Više sam voleo da ga sačuvam za onoga tj. onu koja će ga stvarno zaslužiti.

Tokom njegovom boravka u Londonu, radio je na projektu sa Majrom Jork. Upoznao nas je jedne večeri kada smo isplanirali zajedničku večeru u čast njegovog dolaska. Ona i njena drugarica Kia su se pridružile. Na prvi pogled sam znao. Prosto sam znao. Moj život više neće biti isti. Ona me je nečim opčinila.

I sada, vi možete misliti kako se preda mnom pojavila žena u svečanoj haljini, dubokog dekoltea, dugih golih nogu, zanosna i jednom rečju prava seks bomba, onakva kakvu muškarci obično zamišljaju u svojim usamljenim noćima... ali nije bilo tako. Nije to bio taj filmski momenat. Filmski možda, ali definitivno ne taj. Jer izgledala je sasvim... obično. U običnim farmerkama i košulji. Zgodna, ali bez i malo truda da to istakne. Ipak, njen osmeh. Bilo je nečega u njemu. Nečega što me je oborilo. Zračio je prirodnošću, naivnošću... nečim nedokučivim. I pre nego sam je čuo i shvatio da je ona moja druga polovina, bio sam kupljen. To je osećaj koji se, verujem, samo jednom dešava i nemaju svi prilike da ga dožive.

Ali, ona mene kao da nije ni bila svesna. A i kako bi pored Karla. Učestvovao sam ja u razgovoru i ona je sarađivala i slagala se čak, ali me definitivno nije bila svesna u onoj meri koliko i ja nje. A ja nisam želeo da se istaknem. Sve što sam u tom trenutku odlučio obeležilo je moj život u narednom periodu. Ja moram postati čovek dostojan ove žene. Onog trenutka kada budem od sebe i svog imena napravio nešto, kada budem izgradio sebe kao pravog muškarca staću pred nju. Ni pre ni kasnije. U tom trenutku nisam imao da joj ponudim ništa sem svojih snova. A šta bi ona sa njima. Verovao sam da ima i svoje i da žuri da ih ostvari.

Tokom Karlovog boravka sreli smo se još par puta. U prilog mi je, međutim, išlo i to da iz nekog razloga Karlo za nju nije bio zainteresovan.

Uglavnom bi se poklonio bilo kom ženskom osmehu u tom periodu, ali sada to nije bio slučaj, što mi je bilo čudno. Kada sam ga pitao rekao je da je prosto ne doživaljava tako. I njemu je sam osećaj bio čudan, ali gledao je kao prijatelja, čak pajtosa. Takav su odnos razvili i on nije želeo da ga kvari. Za promenu, voleo je da ima u svom okruženju i devojku koja mu može biti samo prijatelj. „Tako mogu saznati sve ženske tajne", rekao je jednom u šali i namignuo mi. A meni je to dalo ideju. Ludu ideju. Ali, opet, u svoju odbranu imam da kažem da ni jednog jedinog trenutka nisam imao nikakve loše namere. Naprotiv. Samo sam želeo da saznam što je više moguće o Majri.

Tako sam, nedugo pošto smo se vratili u Italiju, pisao Majri. I to ne bi bilo ništa nesvakidašnje da sam joj predstavio stvari kakve jesu. Ali, strah od odbijanja i mogućnost da više nikada ništa ne doznam o njoj naterale su me na nešto mnogo gore. Napravio sam imejl adresu sa Karlovim podacima i pisao joj sa nje, predstavljajući se kao on, naravno. Iskoristio sam priliku da u njegovom mejlboksu za svaki slučaj blokiram njen kontakt. Njoj sam rekao da mi je stari imejl iz tehničkih razloga ugašen i da je to novi koji koristim. Postavili smo pravila dopisivanja u hodu, takoreći jednoglasno. Plan mi je bio da to potraje samo neko vreme dok ne doznam neke pojedinosti koje bi mi mogle pomoći u njenom osvajanju. Ali, kao što rekoh... plan uvek može biti doveden u stanje nužne promene. Ovog puta, ta nužna promena, ostala je na snazi šest godina. Jer nisam mogao prestati. Ne, kada mi je toliko lepo pisala. Makar na neki način bio sam deo njenog života. Nebitno pod kojim imenom. Bio sam tu...

III POGLAVLJE

- Majra -

Mislim da imam blokadu. Danima već nisam ništa napisala. Treperenje kursora na beloj stranici kao da ima svoje otkucaje, tik-tak, tik-tak... ali, nakon poslednje kolumne koja je izašla iz mene u trenutku jednog sloma kao da nema ni napred, a ne samo nazad. Kao da se sve promenilo. Imam dosta njih već spremnih za takve prilike blokada, koje se, doduše, nikada nisu događale u ovoj meri, pa nisam pod pritiskom rokova, ali opet... ne dopada mi se stanje u koje sam zapala. Kao da mi je nestalo inspiracije. Pritisak dolazi otuda što je sada svaka pojedinačna reč pod lupom.

Možda bi mi razgovor sa Karlom pomogao. Ali, pre nego sam stigla da mu napišem imejl trgnulo me mahnito zvono na vratima. A potom i lupanje. Neko kao da beži od požara. Prišla sam vratima oprezno i pogledala kroz špijunku. Iako skrivena pod naočarima za sunce koje joj zaklanjaju veći deo lica bila je to bez sumnje moja prijateljica Kia. Potpuno izbezumljena.

— Hej, šta se desilo, ko te juri? — pitala sam zbunjeno čim sam otvorila.

Kia je prošla pored mene brzinom svetlosti, bacila u prolazu stvari i pre nego sam stigla da se okrenem zauzela svoje mesto za stolom.

U jednom delu stana postojalo je veliko prozorsko okno gde sam postavila svoj sto sa dve stolice neobičnog dizajna. Bilo je to moje mesto gde sam uživala da budem. Tu sam pisala, tu sam gledala obrise grada, kišu kada se sliva po prozoru, sunce koje osvetljava prostor... sve je bilo u tom kutku. A Kia bi se uglavnom našla na drugoj strani, na drugoj stolici naspram mene kada je tu. Bilo je to mesto na kome smo tračarile, pile kafu, tešile jedna drugu, smejale se... taj je kutak bio svedok mnogih stvari i ne bih ga menjala ni za kakav luksuz.

— Dakle? — upitala sam ponovo kada sam joj se pridružila. — Šta te je spopalo?

Kia se držala za glavu, konačno skinuvši naočare.

— Mislim da sam napravila nešto... nesvakidašnje — rekla je blago kriveći usne u stranu kao i pogled.

Prevrnula sam očima.

— Oh, zaista? Ko bi rekao... — odvratila sam sarkastično.

Ona je bila poznata po tome da radi... nesvakidašnje stvari tj. one koje bi retko kome pale na pamet. Ništa me ne bi moglo iznenaditi. Umorno sam slegnula ramenima i uzdahnula.

— Da čujem?

— Možda sam... ovaj... kupila kuću.

Moje lice koje je do tog trena bilo sinonim za dosađivanje upravo je prešlo u stanje šoka. Kao i telo.

— Kako to misliš kupila si kuću?? I to govoriš tako kao da si ušetala u supermarket i kupila sebi... kuću!

— Pa... tako nekako... — pogledala me je bojažljivo.

— Počni iz početka, molim te — rekla sam dok su se uloge zamenjivale i ovog puta sam ja ta koja se držala za glavu.

— Raskinula sam sa Dejvom.

— Ah, da, sada već ima smisla — odmahnula sam rukom još jednom ironično i naslonila se nazad na stolicu dajući joj znak da nastavi.

— Iskreno, ne znam ni što mi je trebao.

— Ja još manje. Ali nisi želela da budeš sama.

— Da. Shvatam da si možda ipak u pravu, bolje biti sam nego u lošem društvu.

Klimnula sam glavom i gestikulirala rukama: „očigledno”.

— Pa, skot je još jednom počeo da se pravi pametan i prekipelo mi je. Mislim, hej, ko si ti da mi govoriš šta ću da obučem i koliko ću da potrošim... jednom je slučajno, drugi put već pokazuje karakter.

Još jednom sam gestikulirala: „očigledno".

— Onda sam ja njemu svašta rekla. A onda i on meni sasuo u lice svoje mišljenje. Kako nikada neću biti žena za kuću, da ne razmišljam ni o čemu ozbiljnom, da ne umem da prištedim i slična sranja. On se čak nije potrudio ni da sazna stvari o meni. Ja nisam takva!

— Nisi, dušo, nisi — saosećano sam je potapšala po ruci na stolu. — Ali kakve to veze ima sa kućom? I odakle tebi novac da kupiš kuću? Jesi li dobila na lutriji noćas ili opljačkala banku?

Odmahnula je glavom i nasmejala se kiselo.

— Pa, nakon te svađe sam poludela i kada sam došla kući uzela malo, samo malo alkohola da se smirim, znaš... mora da sam izgubila kontrolu. Sledeće čega se sećam je da sam gledala slike Italije pitajući se zašto nisam bila dovoljno srećna da se rodim tamo. I onda se sve to što se dešavalo i njegove reči stapalo u toj izmaglici i ja sam izgleda ušla na onaj sajt gde u Italiji prodaju kuće za jedan evro. Izgleda da sam kupila jednu, čega nisam ni bila svesna do jutros kada mi je stigao imejl potvrde o kupovini sa svim instrukcijama za dalje postupanje, ugovorima i svim ostalim.

Sada je već imala lice deteta koje zna da je pogrešilo i čeka osudu. A ja sam i dalje bila u šoku.

Kia je završila italijanski jezik. Nisam poznavala osobu koja je više volela tu zemlju od nje. Takođe, znala sam da mi je nedavno pričala o tom projektu kupovine kuće za jedan evro, ali to su uglavnom kuće koje su u jako lošem stanju ili barem zahtevaju dobar deo ulaganja. Takođe, u nekim su ruralnim sredinama. Skraćeno, postoji gomila uslova koje vuku sa sobom i nije baš tako jednostavno. Uopšte nije. Zato nikome i ne bi palo na pamet da to uradi u normalnom stanju.

— Dobro, polako — pokušavala sam da je smirim. — Pozvaćeš banku i povući transakciju. Nije problem u iznosu već u svemu ostalom. Možeš uvek reći da ti je kartica dospela u tuđe ruke ili tako nešto poput neovlašćenog korišćenja...

Ali Kia je tužno gledala odmahujući glavom.

— Ne mogu, izgleda da sam stavila svoj digitalni potpis na to. Nema povratka. Obavestili su me da se do kraja nedelje moram pojaviti u Italiji da regulišem papire i uplatim depozit od pet hiljada evra kako bih preuzela ključeve.

— Ne mogu da verujem! — viknula sam i skočila sa stolice hodajući napred-nazad sa rukom preko usta pa ponovo zastala da je pogledam dok je ona nepomično sedela izgubljena.

— Nema nazad. Zeznula sam stvar i moram otići tamo da pokušam to da rešim.

— Advokat?

Ponovo je odmahnula glavom.

— Verovatno bi mi uzeo više para od toga, a verovatno ništa ne bismo mogli da uradimo. Samo bih se uplela u birokratiju bez kraja i konca. Srećom znam jezik pa ću pokušati da vidim šta mogu dalje, ali moram otići tamo.

— Uh, Kia, znala sam da ćeš jednom upasti u nešto veliko tako nepromišljena — počela sam da je kudim, ali videvši njen izraz lica na kraju sam se sažalila.

— Kako ti mogu pomoći?

Kia je podigla pogled ka meni kao umiljato mače. Tražiće mi uslugu, znam je dovoljno dobro.

— Možeš poći sa mnom. Znaš, kao podrška.

Na tren sam se zagledala u nju. Zar sam uopšte mogla da razmišljam da je odbijem. Moram biti uz nju. Neću je ostaviti samu. Pa sam samo klimnula glavom, a ona skočila da me zagrli.

— Tebi je ovo zabavno? — pitala sam je ponovo sa prekorom, a ona samo slegla ramenima.

— Volim avanture, znaš me.

— Ovo je mnogo više od avanture, svesna si toga?

Klimnula je glavom ponovo se uozbiljivši.

— Hej, možda bi ovo bila dobra prilika da se konačno vidiš sa onim svojim Karlom... — podigla je obrve sugestivno.

— Ma, da, Italija je toliko mala da je sve to u par kvadrata. Ko zna gde ti je ta zabit koju si pronašla.

— U pokrajni Lombardija. Nedaleko od Toskane. Dobro, to jeste selo, ali na putu ka Toskani...

Ponovo sam prevrnula očima.

— A on je u Firenci, što uopšte nije tako daleko...

— Ma, ne znam... znaš da mi imamo specifičan odnos. Čak se i ne čujemo. Nikada nijedno od nas nije izrazilo želju da se vidimo sve ove godine... ne bih volela da ga tako stavljam pred svršen čin. Uostalom, ni sama ne znam da li bih volela da bilo šta menjam, ima to neku svoju draž što je ovako, znaš...

— Otkud ti znaš da ne bi bilo i bolje kada nisi probala? — ponovo je sugestivno podigla obrve.

— Ne znam... ma, ne, ne mogu...

— Vidi... ne moraš ga zvati niti zahtevati bilo šta. Samo mu kroz redove provuci da dolaziš u Italiju, neka ima tu informaciju, ali neka odluka ostane na njemu.

Zamislila sam se na tren... tako posmatrano i nije tako loša ideja. Uostalom, možda će mi dobro i doći promena. Očigledno mi je preko potrebna. A sa njom i inspiracija.

— Pa, dobro... razmisliću o tome...

IV POGLAVLJE

- Gabriel -

Šta je u suštini ispravno? Ko ti zna reći? Njegova reč kao njegovo viđenje proživljenog, njegovih stavova tim prilikama formiranih. Ali, je li neko živeo tvoj život da bi znao kako se tačno ti osećaš? Zašto bi njegovo ispravno bilo i tvoje ispravno? Ko kaže da jeste?

Shvatate poentu, zar ne? Gde piše, kojim je zakonom utvrđeno da je način na koji volite nekoga ispravan ili pogrešan? Svi smo mi ljudi. I kao takvi potpuno različiti. Dve različite osobe poneće se potpuno različito u istoj situaciji. Neko bi odabrao da istupi i kaže, neko bi se povukao i ćutke posmatrao. Ne može me niko osuditi zbog toga. Ja nisam bio progonitelj niti štogod slično bolesnoumno. Nisam je uhodio fizički, samo sam ostajao u toku sa dešavanjima u njenom životu. Možda sam bio opsednut. Ali ne bih to umeo objasniti. Prosto sam znao, onog trena kada sam je prvi put video da je ona ta. I jedini razlog što sa svime nisam izašao pred nju bio je taj što sam želeo da budem bolji. Da joj dorastem. Bili smo na istim talasnim dužinama. Pored toga, i ona je samo osoba poput mene. Dakle, potpuno normalna, ranjiva i sve ostalo što uz to ide. Nisam je posmatrao kao neko osmo svetsko čudo. Samo sam želeo da najpre postanem muškarac kakvog sam smatrao da ta žena treba uz sebe.

Nisam planirao da se toliko oduži. Ali kako se vreme produžavalo, tako sam zapao u slatku zamku i zonu komfora koju nisam želeo da poremetim svojim otkrićem. Pokušao sam više puta da utabam sebi stazu do toga spominjući Gabriela tj. mene kroz naše razgovore ali nisam nailazio na neke preterane reakcije. I to bi me pokolebalo. Ipak, nisam odustajao. Znao sam da će taj dan doći pre ili kasnije. Samo sam trebao da ga sačekam. Postoji viša sila koja uređuje stvari, u to sam verovao. Problem je bio u tome što ja nisam bio baš strpljiv čovek. Kada malo bolje razmislim, moje opsesije su me pratile na svakom polju. Ako bih se „zakačio" za nešto ne bih stajao sve dok to ne dobijem. I to bi me opsesivno držalo da sam želeo da to bude sada i odmah, bez čekanja. A uglavnom nije moglo tako biti. Onda bi mi to izazvalo bes koji bi kasnije prerastao u razočaranje i agoniju. Kada bih na kraju uspeo i ostvario svoju zamisao, više mi ne bi donosio nikakvo zadovoljstvo. Tražio bih odmah nešto novo, nešto sledeće. Sve do čega dosegnem odmah izgubi moje interesovanje. Tako je bilo i sa svim ženama do sada u mom životu.

Sa jedne strane me je podsvesno možda malo i to plašilo. Da ću nakon što i do nje dođem da izgubim interesovanje. Dok sam sa druge strane to smatrao nemogućim jer sam bio ubeđen da je ona moja savršena druga polovina. Da li sam, čuvajući tu misao u glavi godinama kao najveću tajnu i blagoslov, nesvesno gurao druge od sebe? Opet, vratio bih se na to da... da je bilo suđeno bilo šta drugo desilo bi se. Pojavila bi se neka druga koja bi me tako ili više opčinila i ništa joj ne bi moglo stati na put. Pobedila bi moju opsesiju Majrom Jork. Ali nije se desila. Nije se pojavila. Majra je bila i ostala moja tiha patnja.

Začudili biste se koliko i najjači muškarci mogu biti slabi pred samo jednom rečju — ljubav. Reč koja je kroz vekove provlačena kao najveća misterija i najlepša pesma, kao najjače oružje za borbu ili najveća slabost najvećih i najjačih. Šta je to u nama muškarcima... da li preveliki ego ili prirodni poredak da moramo biti jači od žena, nikada nisam uspeo da dokučim. Ali činjenica je bila da se nismo mogli tako lako prepustiti osećanjima poput žena. Ona su nama vladala ali mi smo se protiv njih borili. Jer tako nam je zapisano u genima.

Završio sam istoriju umetnosti i radio u Firenci, kolevki istorije umetnosti. Pratio sam lokalna, regionalna, državna i međunarodna dešavanja na planu kulture i umetnosti. Koncipirao postavke muzeja, učestvovao u njihovim realizacijama, pisao tekstove i studije, prezentovao muzejske materijalne i nematerijalne vrednosti na javnim dešavanjima, pratio restauracije, konzervacije, istraživao, pronalazio... i još mnogo toga što mi je obezbedilo nadaleko poznatu i dobru reputaciju, ugled i poštovanje u visokim krugovima društva i kulture. Ali nisam bio kadar da stanem pred ženu koja me je osvojila samo svojim osmehom i kažem joj to.

Neki su dani bili teži od ostalih. Oni koji bi prolazili bez ikakve vesti o njoj. Onda bih pustio i mračne misli van. Da li je sa nekim drugim? Da li je srećna? Dovoljno da sa nekim poželi da izgradi dom? Pisala bi mi kada bi imala nekoga u svom životu. Onako, usputno, pomenula bi bez nekih prevelikih detalja. Ali nikada do sada nije naišla ni na koga ko bi okupirao njenu pažnju dovoljno da bi ga pustila u svoj život da ostane tamo. A to je hranilo moju opsesiju da sam u pravu i da sam ja taj koji joj je potreban. Sa druge strane, tačno sam znao o čemu priča. Taj mi je osećaj bio poznat. Kao što rekoh, nisam živeo monaškim životom sve to vreme. Ali koja god bi se žena našla u mom životu nije se predugo zadržavala. Lako bih izgubio interesovanje i na kraju sam sebi našao etiketu koja me je spasila žena koje sanjaju velike snove... Ja nisam čovek za veze. Ne umem se snalaziti u njima. Bilo je to moje opravdanje.

Majra i ja imali smo neku vrstu prećutnog dogovora, moglo bi se tako reći. Da se nećemo pratiti na društvenim mrežama. Jer ja nisam bio ljubitelj istih. Tačnije, Karlo nije bio, tako sam to predstavio. Karlo nije pokazivao veliko interesovanje za nju pa sam znao da verovatno neće doći na ideju da je traži, ali sam za svaki slučaj uspeo da na njegovom telefonu blokiram njen profil tako da ako i pokuša pretragu ne bi je mogao naći. Ipak, ono što ona ne zna je da je ja jesam pratio. Mislim, ja kao Gabriel. Delovalo je kao da joj to i nije privuklo neku pažnju. Ali, mogao sam svakodnevno da vidim poneku njenu objavu u kojoj bi predstavila sebe u svakodnevnim izdanjima i nekako to mi je činilo da joj se osetim bliskim. Da znam da je tu negde, da je stvarna. Nisam je proganjao, niti radio šta loše, samo spoznaja da je tu negde, da postoji, držala bi me budnim za život. Kada je ne bi bilo na po par dana i ne bi ni pisala osećao bih se izgubljeno, tromo, nezadovoljno. Bez ikakavog smisla.

Vratio sam se u stan posle još jednog napornog dana, spreman da se sa vrata bacim u krevet kada me je zvono na telefonu prekinulo u toj zamisli.

— Da, Karolina?

— Oprostite što vas uznemiravam, ali ne mogu pronaći da ste mi poslali koncept za izložbu u utorak?

Zatvorio sam oči i zabacio glavu unazad. Radio sam na tome do kasno i na kraju zaboravio da pošaljem imejl svojoj asistentkinji.

— Da, pa moguće da je otišao u spam ili tako nešto. Ponoviću ti imejl uskoro — rekao sam i prekinuo poziv. Nisam baš bio raspoložen da priznam svoj propust, kao i svaki tipični muškarac. Kao što rekoh. Ne znam šta nam je to u genima.

Otvorio sam laptop i prosledio imejl te ga ostavio tako i otišao pod preko potreban tuš da se opustim, a po povratku prišao sam da proverim da li je imejl otišao i da ga zatvorim kada sam video obaveštenje o novom imejlu, na svojoj privatnoj pošti. Tačnije, onoj Karlovoj pošti, a to može značiti samo jedno — da mi je Majra pisala.

Ushićenje mi je odmah obrisalo umor koji sam osećao i postavilo me u mod energetske bombe.

Od: majra.jork@gmail.com
Za: karloaldiit@gmail.com
Naslov: Dolazak

Dragi Karlo,

Nismo se čuli par dana, nadam se da nisam propustila ništa značajno i da si dobro.

Kod nas su se stvari malo... iskomplikovale. Kada kažem „kod nas" mislim na moju prijateljicu Kiu koja, znaš već, voli da radi stvari koje mnogim, za moj pojam normalnim ljudima, ne bi pale na pamet. Kako god, skratiću ti priču sada, jer postoji mogućnost da je čuješ u punom izdanju uživo, vrlo brzo, naravno, ukoliko to želiš i ukoliko ti obaveze budu dozvoljavale. Kia i ja ćemo uskoro biti u Italiji. U Lombardiji. U nekom selu blizu Toskane. Ne bih ti sada tačno znala reći kojem jer još nisam uspela da pohvatam sav haos u koji sam zapala. Ne pitaj kako, ali Kia je kupila tamo kuću od onih koje prodaju za navodno jedan evro i sada će morati da je preuzme uz svu moguću papirologiju i položi depozit... pa birokratija. A ja je neću ostaviti samu. Tako da, uskoro ćemo biti tamo. Kao što rekoh, ako budeš u mogućnosti možemo se sresti.

Veliki pozdrav,
Ili bih trebala početi da se navikavam na „ciao regazzi",

Majra

Otvorenih usta od šoka čitao sam imejl iznova i iznova i ništa se nije menjalo. Da postoji uređaj koji meri odnos osećanja u čovekovom organizmu veujem da bi na meni u tom trenutku pukao. Jer nisam mogao da dođem sebi. Sa jedne strane dešavalo se upravo ono što je trebalo. Bog je ispremetao čitav svemir da se konačno sretnemo i naterao me na taj način da reagujem konačno. Sa druge strane, postao sam bolno svestan da je moja laž na pragu otkrića i da sve može vrlo lako otići u sunovrat bez povratka.

- Majra -

Razumem te.

Reči koje najčešće koristimo kako bismo nekoga utešili, a koje uglavnom nisu istinite. Ipak, ljudi ih tako lako govore. I možda neki zaista veruju u njih. Međutim, istina je da nikada nikoga niti šta možete razumeti ukoliko niste i sami nešto slično proživeli i osetili. Možda razumete racionalno kada vam govore koliko je nešto teško ili lako za njih, razumete logičnim delom svog mozga koji raspoznaje dobro od lošeg, sreću od nesreće... ali osećaj nikada nećete razumeti. Uostalom, svaka osoba kao jedinka za sebe stvari doživljava na sebi svojstven način. Kao što se stepen bola razlikuje od osobe do osobe isto tako je i sa srećom. Na kraju, ne čine iste stvari ljude srećnim.

Ali, vratimo se na razumevanje. Kada naredni put nekome budete rekli: „razumem te", zapitajte se da li je zaista tako i videćete da sam u pravu. Daću vam najbanalniji primer koji je mene naveo na razmišljanje. Kada sam pošla u školu, nisam znala mnogo toga kao što niko od nas i ne zna, je l'... na nekom od časova tema je bila obrazovanje. Učiteljica je rekla da svako od nas ustane i kaže šta su mu roditelji po obrazovanju. Znala sam da mi je otac radio u fabrici kao poslovođa a mama kao računovođa u firmi. I to je sve. Kada je počela da postavlja potpitanja o stepenu stručne spreme nisam imala pojma šta me u stvari pita i odgovarala na njena pitanja mehanički sa „da" ili „ne". Na kraju je ispalo da sam rekla da je tata završio fakultet a mama samo srednju školu. U stvari, bilo je obrnuto. Ali, to su negde zapisali i kada je u nekom narednom trenutku moja mama to saznala nije joj bilo pravo. Delovala je... ne baš uvređeno, ali možda na neki način povređeno. Objasnila mi je da sam pogrešila i da je situacija obrnuta. Klimnula sam glavom i rekla: „razumem", iako nisam. Nisam u tom trenutku razumela u čemu je frka i kakve veze ima, zašto bi to bilo važno.

Mnogo godina kasnije, kada sam i sama bila na fakultetu dok je polovina mojih srednjoškolskih drugara odustala i rešila da stvara porodice i nove živote, shvatila sam šta u stvari studiranje i završetak fakulteta, znači. Koliko je truda, odricanja, stresa, neprospavanih noći, umornih očiju, gubitka apetita, nervoze i još mnogo toga potrebno na tom putu da biste uspeli. A onda neko sasvim nesvesno to „izbriše" i ne prizna vam. U redu je, vi ste tu borbu vodili prvenstveno zbog sebe, ali ipak... to je trud koji zahteva godine i zaslužuje poštovanje i priznanje za učinjeno.

Kada sam kasnije došla u situaciju da predajem neku dokumentaciju i zabavljam se birokratijom, službenica na šalteru uzela je moje podatke koje sam uredno popunila i unela u sistem, a kada mi je dala moj primerak nakon završene procedure uočila sam grešku. Stepen stručne spreme — srednja škola. Osetila sam neopisiv bes. Kako se neko usuđuje da tako lako pogazi svu moju žrtvu i trud? Pa sam odmah reagovala i zatražila da ispravi grešku. Možda malo žustrije nego što je bilo potrebno. Službenica je mrtva hladna na to rekla: „razumem vas". Ali joj se iz pogleda videlo da nije razumela moju izvedbu i zašto toliko dižem prašinu oko „obične greškice".

„Kliknula sam na 'fakultet', ali je sistem verovatno greškom povukao i vratio na 'srednju školu'", objasnila je bezizražajno i dala se u ispravku, ni malo se ne uzbudivši zbog toga. Tada sam shvatila. Jedan pogrešan klik, jedna reč pogrešno ispisana... i sav vaš trud pada u vodu. I bivate smešteni u pogrešnu „korpu". Kao da ništa niste ni uradili. Isto tako, neko ko zaista ništa od toga nije prošao može greškom dobiti status „tek tako", slučajnom greškom.

Dakle, sve što ste u životu radili, za šta ste se borili na kraju postane samo jedan papir, jedan red, jedna reč, jedan klik...

Zato, pre nego nekog osudite zbog njegovog ponašanja na ovaj ili onaj način podsetite se da ga vi u stvari ne razumete. I prihvatite to. Niste vi zbog *toga krivi. Ne možete znati šta biste vi uradili ili kako biste se osećali da ste se našli u njegovoj koži. Čak ne ni u samoj situaciji koliko u njegovoj koži. Jer dve različite osobe mogu potpuno različito da se ponašaju u gotovo istoj situaciji. Ali svakako, dok ne osetite nemojte govoriti da razumete i osuđivati nečiju reakciju ili izbor delovanja. Jer svako misli da radi ono što je najbolje u datom trenutku, prema okolnostima u kojima se nalazi i shodno znanju i iskustvu kojim u tom trenutku raspolaže.*

Još uvek u potrazi za novom inspiracijom, čitala sam neke od svojih prethodno ispisanih blogova koje bih mogla podeliti. Na kraju sam, iz ne znam kog razloga, odabrala baš ovaj. Pogledala sam na sedište pored sebe u Kiu koja je oduševljeno posmatrala Italiju iz vazduha, sa izvesnom dozom strepnje od svega što će je sačekati. Možda me je to navelo na izbor. Nisam mogla da je razumem. Kako je mogla nešto tako nepromišljeno da uradi. Ali opet, ne znam kako bih se ja ponela u datoj situaciji. I da sam u njenoj koži. Nisam mogla da je razumem, ali sam mogla i trebala da joj budem podrška na ovom putovanju, kao što je i ona meni uvek bila.

Firenca je delovala magično iz ptičje perspektive, a verovala sam da je još lepše doživeti je. Za razliku od mene, koja prvi put dolazim ovde, Kia je takoreći već domaća. Jer, koliko god puta bi joj se ukazala prilika da dođe to je i činila. U različite delove Italije. Imala je prijateljicu sa studijskog programa kod koje je boravila u letnjim mesecima, ali kako se svima čini da je tuđa trava zelenija, i ona se odselila u Ameriku pre godinu dana. Tako da nećemo moći računati na njenu pomoć. A ni na Karlovu, kako se činilo, bar za sada. Da li sam iznenađena? Možda malo. Više začuđena jer nisam mogla baš najbolje da razumem njegov postupak. Nije me u potpunosti odbio, ali je ponudio pomoć svog rođaka Gabriela, jer on neće biti u mogućnosti da nam se pridruži, bar ne tako brzo. Ispostavilo se da je Gabriel slobodan da šeta sa nama po Toskani... što mi je bilo malo čudno i nisam bila toliko bliska sa njim, ali opet, bolje imati nekoga odavde na koga se možeš osloniti. Za toliko sam verovala Karlu, da smo u Gabrielovim rukama sigurne.

Avion je konačno sleteo a mi se uputile ka terminalu da pokupimo prtljag. Nisam videla Gabriela godinama, pa kao ni Karla doduše, ali sam mu se nekako zbog pisanja ipak osećala bliskim, dok mi je Gabriel gotovo izbledeo u mislima, pa sam potražila njegovu sliku na instagramu kako bih znala koga trebam tražiti u masi. Ispostavilo se da smo i prijatelji, čega i nisam bila svesna. Kako god, godine su mu svakako išle na ruku, morala sam priznati. Ili za Italijane važi isto što i za njihovo vino, „sa godinama postaje mnogo bolje". Ipak, otpremila sam tu misao i usredsredila se na ono što nam predstoji, a što, koliko god zanimljivo delovalo, neće biti ni malo lako.

VI POGLAVLJE

- Gabriel -

Dan D je konačno stigao. Moje suočavanje sa Majrom Jork je bilo neizbežno. I dok sam pratio redove letova shvatajući da me deli samo par trenutaka od našeg susreta činilo mi se da se iznutra tresem. Nadao sam se da se to ne vidi i na površini. Bilo je to nekako lepo uzbuđenje. Ipak, i nemir. Poslao sam joj svoje podatke kao Karlo, izvinjavajući se u njegovo ime što neće moći biti tu, ali nudi svesrdnu pomoć svog rođaka, Gabriela, tj. mene. Bilo je to najbrže i najlakše što sam mogao da smislim u datom trenutku. Karlo je ionako ovih dana zauzet drugim stvarima i na moju sreću predstoji mu poslovno putovanje u Rim na par dana, pa ću imati dovoljno vremena da smislim kako da mu sve ovo saopštim... naravno, ukoliko bude bilo potrebe za tim. Za sada sam odlučio da idem korak po korak, kao po minskom polju doduše, jer sam morao biti oprezan da ne bih u bilo kom trenutku nagazio na neku minu i otkrio se.

A onda sam je video ispred sebe kako dolazi. Sve je stalo. Vreme, mesto, ljudi oko mene... potpuna zaglušujuća tišina. Postojala je samo ona koja ide prema meni. Bože, uživo je bila još lepša. I upravo mi je uputila onaj osmeh. Onaj, koji me je kupio pre šest godina i ostao u mojoj glavi zarobljen sve vreme. Uzvratio sam ljubazno i trudio se da ostanem hladnokrvan.

— Zdravo, nadam se da nas nisi dugo čekao — dobacila je zajedno sa rukom prilazeći.

— Ne, sve je u redu. Je li let bio prijatan? — trudio sam se da ostanem pribran iako bih je najradije privukao u zagrljaj.

— Da, sve je bilo u redu. Sem što je ovde znatno toplije — nasmešila se ponovo a ja sam klimnuo glavom. — Moja prijateljica, Kia...

— Da, sećam se... — rekao sam neodređeno i pružio ruku koju je Kia ljubazno prihvatila i uzvratila. — Pa, kakvi su dalji planovi? Da li ste negde bukirale smeštaj? Gde vas vodim? — pitao sam nonšalantno, a u suštini sam želeo da sve to završim za nju, čak i da ponudim svoj stan, ali to bi izazvalo previše sumnje i rizika za otkriće.

— Mmmm... u suštini... ne, nismo. Ne znam koliko ti je Karlo rekao, ali... ovde smo jer je Kia kupila kuću... znaš, od onih za jedan evro — prevrnula je očima kao da je to najnelogičnija stvar koju je mogla da uradi, a Kia joj je kreveljenjem uzvratila, što mi je bilo simpatično, ali sam se zadržao ozbiljnim.

— Da... pomenuo mi je o čemu se radi, ali... verujem da ste svesne uslova u kojima se takve kuće prodaju...? — pitao sam obazrivo jer sam po njenim rečima slutio da nisu baš upućene u šta se upuštaju.

— Oh, ispunjavam sve uslove — ubacila se Kia — jer sam bila ovde toliko puta da imam boravišnu dozvolu... znaš, ja sam završila italijanski jezik i ovde sam takoreći domaća — dodala je uz ushićeni osmeh, pa se uozbiljila i nastavila: — Da nije bilo tako ne bih je ni mogla kupiti.

— Mmm... da, jasno da ne bi — počeo sam obazrivo. — Ali, videla si kuću pre nego si je kupila? Mislim, barem na slikama? Ne znam u kom se delu tačno nalazi, ali te kuće uglavnom su u ruralnim područjima i, kako da kažem, zahtevaju veće renoviranje da bi imale, kako da kažem... stambenu funkciju.

Kia je počela da šeta očima okolo dok ju je Majra gledala i čekala odgovor podignutih obrva.

— Pa, ja... ovaj... i nisam baš najbolje videla. Iskreno... kada sam obavila tu... kupovinu... vid mi nije bio najoštriji. A sutradan, kada sam htela da proverim, već su je skinuli sa sajta i od agencije nisam ponovo dobila slike jer svakako dolazim pa...

Postajala je sve nesigurnija a ja sam je zbunjeno gledao na šta se Majra ubacila:

— Oooo, pobogu! Bila je pod dejstvom alkohola kada je napravila tu glupost, o tome se radi! I onda nije bilo nazad! — raširila je ruke i sama u neverici, ali sa parolom „šta je tu je", a ja sam i dalje zapanjen svime ponovo podigao obrve u neverici i na kraju morao da se nasmejem, ali i zadržavam osmeh iz poštovanja.

— Izvinite — rekao sam pokrivajući rukom usne i pretvarajući se da sam se nakašljao.

— O, slobodno se smej, i jeste komično — dodala je Majra još jednom ošinuvši pogledom svoju drugaricu.

— Dobro... — konačno sam rekao — nema smisla stajati ovde i gubiti još vremena. Da vidimo gde je lokacija pa da krenemo. Videćemo šta će nas zateći.

Kia mi je pružila odštampan papir sa koordinatama.

— Oh, ovo je relativno blizu. Nekih četrdeset kilometara odavde, u Kjantiju. Pa, dame, izvolite — pokazao sam rukom ispred sebe. — Ja ću se pobinuti za vaš prtljag.

Vožnja do Kjantija bila je toliko ugodna da mi je bilo i žao što će tako kratko trajati. Majra se vozila na suvozačevom sedištu, dakle, tik do mene, dok je Kia bila pozadi. Kako smo izašli iz grada i upustili se dolinom čempresa i vinograda koji su se prostirali okolo bila je sve više oduševljena.

— Vau, izgleda još bolje nego na slikama, a obično njih nalickaju raznim efektima.

— Rekla sam ti — dobacila joj je Kia sa zadnjeg sedišta.

— Ti radiš u Firenci? — upitala me je Majra iznenada, a ja sam, ne očekujući da će mi se direktno obratiti, refleksno stegao volan, izvlačeći svu moguću koncentraciju da pazim šta ću reći.

— Da — klimnuo sam glavom.

— Karlo je pominjao to, radiš u nekom muzeju, je li tako?

— Da — ponovio sam.

Zastala je na tren podignuvši obrve kao da je zapanjena mojom rečitošću.

— Nikada nisam upoznala nekoga sa takvim zanimanjem. Deluje pomalo dosadno — nabrala je nos. — Da li je?

Cimnuo sam usnu u stranu u znak osmeha.

— Kako za koga. Za mene, koji sam se za to opredelio, očigledno nije. Volim to. Istraživanje istorije ume biti čak jako zanimljivo. Pogotovo u Italiji koja ima toliko toga da ponudi.

— Hm... oprosti, samo nikada nisam volela istoriju — slegnula je ramenima nevino se izvinjavajući. — Nisam joj videla baš neku veliku svrhu znaš... naročito što iz nje, očigledno, niko ništa nije naučio.

Sada sam se već glasnije nasmejao.

— Zanimljiv stav... nisam nikada o tome razmišljao. Ali ovo nije klasična istorija. Istorija umetnosti. Radimo restauracije, i otkrivanje nekih umetničkih dela zna biti jako uzbudljivo... — ali njoj nije delovalo ništa uzbudljivije pa sam samo uz osmeh odmahnuo glavom. — Ti, pišeš? — pitao sam obazrivo.

— Da, imam svoju kolumnu koja je sada već jako popularna — nasmešila se, a onda uzdahnula. — Mada mi trenutno nedostaje inspiracije, moram priznati — dodala je nevoljno.

— O, pa siguran sam da će Toskana imati dovoljno boja koje će uspeti da razbiju taj sivi oblak koji se trenutno nadvio nad tobom — rekao sam zabavljeno i uz osmeh je pogledao pa refleksno namignuo. A ona se samo nasmešila i vratila pogled na stranu vraćajući se pejzažima koji su se prostirali pored nas.

— Nadam se... — rekla je šapatom, gotovo sama sebi.

VII POGLAVLJE

- Majra -

Moja inspiracija za pisanje dolazila je iz svakodnevnog života. Pisala sam o stvarima koje svakodnevno mogu dotaći bilo koju osobu. Verovatno je zato i bila popularna. Ljudi su u tim nasumično nabacanim redovima uspevali da pronađu onaj mali znak koji nam nekada bude potreban za nastavak dalje. Svi nekada zapnemo, sapletemo se, stanemo. Ili jednostavno shvate da nisu sami i jedini na putovanju zvanom život pa im bude lakše. Da, ja sam o određenim temama iznosila svoje mišljenje i ono je bilo jednako ili različito u odnosu na druge, što bi komentari ispod i dokazivali. Ali i ta konstruktivna rasprava davala je oduška. Podsticala razmenu mišljenja, razmišljanje, drugačije poglede na iste stvari.

U svakom slučaju, ono što me je inspirisalo bile su stvari koje se dešavaju meni ili oko mene. Jedna sitnica ili velika stvar koja bi me dirnula završila bi na dnevnom redu rasprave. Mogla bi to biti rečenica iz neke knjige ili filma koju bih pročitala ili videla, neki razgovor sa ljudima oko sebe, neke stvari koje bi mi zapale za oko u izlascima posmatrajući druge ljude... uvek bi se našlo nešto što bi me podstaklo na razmišljanje i pisanje o tome. Ali, već neko vreme ne dešava se ništa što bi me pokrenulo. Sve je postalo totalno nezanimljivo, već viđeno. Nedostajalo mi je uzbuđenja. Onaj polet koji osetiš bez razloga. Onaj osećaj koji u tebi izazove novo proleće. Buđenje. Nažalost, nisam ga pronalazila. Dani su se samo stapali jedan za drugim, ni sama ne znam u čemu i kada bi prošli ni gde bi otišli, ali ostajala je samo praznina praćena mišlju da se ti dani više nikada neće vratiti i da su protraćeni, što je izazivalo osećaj krivice.

Zato sam se zaista nadala da je Gabriel u pravu i da će mi ovo putovanje doneti osećaje koji su mi potrebni. Nešto svakako drugačije je preda mnom. Još uvek ga nisam pitala ništa bliže o Karlu... kao na primer, koliko će njegove obaveze potrajati i da li će nam se pridružiti u nekom momentu. Nisam želela da insistiram na tome, ali zaista bih volela da ga vidim. Zanimalo me je i kako izgleda nakon svih tih godina. Da li su mu doprinele kao Gabrielu ili oduzele. Ako bih bila iskrena prema sebi, neki deo mene se možda nadao nečemu što iskreno ne bih umela ni da definišem. Naši razgovori, dobro, dopisivanja, značili su mi mnogo više nego što bi možda trebalo, ali njegovi stavovi, razmišljanja, prave reči koje je uvek znao pronaći za mene mnogo su mi značili. Nekada bih se vraćala unazad i čitala iznova neke redove kako bih se ohrabrila. Taj takoreći virtuelni prijatelj postao je centar mog zbivanja. Bilo je lako. Verovatno zato što ga ne moram gledati u oči dok govorim, ne moram strepeti da ću u njima naići na osudu ma koje vrste. Jer to je uglavnom ono što ljude sprečava da govore. Naši su razgovori bili toliko opušteni, pa mislim baš iz tog razloga. Ili je on bar bio jedan od njih. Da li se možda plašio da će naš susret to promeniti? Ne mogu reći da se i sama nisam toga plašila, ali opet... doći dotle i ne sresti ga... bila sam spremna da rizikujem. A to je u suštini samo pokazatelj da sam gajila nadu. Nadu da će se desiti nešto neverovatno.

Karlo kojeg pamtim bio je sav nestalan i vrcav. Šarmatan, i to se nije trudio da prikrije, naprotiv, koristio je. Pravi Italijan. Zato me je i iznenadio kasnije kada sam kroz razgovore sa njim uvidela da je sve to u stvari maska iza koje se krije, jer čovek koji je pisao takve reči tačno je znao šta želi i šta mu je potrebno. Bila sam zbunjena u početku, ali sam kasnije prihvatila da je njegovo ponašanje verovatno samo prividno takvo jer ne želi da mu se svako približi i dobro ga upozna, i to sam poštovala. Ono što sam takođe vremenom shvatila je da je baš takav čovek meni potreban. I to je ono što me je plašilo, ali i davalo nadu. Sa kojom sada ne znam šta ću. I dalje je tu, ali nisam sigurna da li bi trebala da bude. Ipak, ne kažu uzalud da nada zadnja umire.

Sa druge strane, Gabriel kojeg pamtim bio je baš ovakav. Ćutljiv, diskretan, odmeren. Nisam imala prilike da ga podrobnije upoznam, a istini za volju, nisam mu ni dala priliku. Bila sam suviše koncentrisana na Karla. Pitala sam se sada... da li i on nosi neku vrstu maske i da li je u suštini okoreli zavodnik koji svakog jutra ispraća novu ženu iz kreveta? Mogao bi biti. Ako sam nešto naučila u ovom životu to je da stvari uglavnom nisu onakve kakve izgledaju na prvi pogled. I Karlo je upravo bio dokaz tome. Ipak, nije mi ostavljao takav utisak. Ne znam zašto, ali osećala sam ga bliskim, kao da ga već poznajem. I što je još važnije osećala sam se prijatno i na neki čudan način zaštićenom u njegovoj blizini.

Mora da su me misli naterale da nesvesno proučavam njegovo lice, ni malo suptilno, da je to morao primetiti.

— Da li je sve u redu? — pitao je trznuvši glavom ka meni pa je vratio nazad na put pred sobom.

Tada sam se i ja prenula iz misli, mada potpuno ometena.

— Da, da... samo sam se zamislila. Mmm... lepo je ovde — rekla sam tek da promenim temu. Temu koja se vodila u mojoj glavi, doduše.

Klimnuo je glavom.

— Uskoro stižemo u Kjanti. Da li biste želele da negde sednemo? Jeste li gladne?

— Kasnije... prvo ćemo u kancelariju gradonačelnika, molim te. Moram se javiti po dogovoru da bi nas odveo do kuće. Iskreno, i nestrpljiva sam da saznam šta me čeka. Sve ostalo neka ostane za kasnije... — dobacila je Kia sa zadnjeg sedišta, sa osetnom brigom u glasu.

Gabriel i ja smo istovremeno klimnuli glavom u znak slaganja.

Približavajući se Kjantiju, putovali smo kroz vijugave staze valovitih brda, dok su nas sa strane pozdravljali gusti vinogradi, šume ili maslinjaci. U daljini su se nazirale kolonijalne seoske kućice. Kjanti je bio poznat po proizvodnji vina, to je bilo sasvim jasno čak i da se o tome niste prethodno informisali ili da vam nije bilo poznato da je takođe jedna od najpoznatijih marki vina upravo *chianti*. Ono što mi je skrenulo pažnju je maskota crnog petla koju sam na nekoliko mesta uočila i pitala Gabriela da li ima neko značenje.

— Uzgajanje vinove loze u ovim krajevima starije je čak i od Rimskog carstva — počeo je sa prizvukom ponosa u svom glasu jer očigledno gazimo na njegov teren antike. — Postoje arheološki dokazi da su Etrurci ovde uzgajali vinovu lozu i od nje proizvodili vino. Tokom istorije to se nastavilo. U nekim dokumentima se pominje proizvodnja i belog i crnog vina ali je od XVIII veka proizvodnja koncentrisana isključivo na crveno vino. Početkom XIX veka baron Betino Rikazoli je propisao zvanični recept za *chianti*. 70% sanđovezea, 15% kanajola, 10% malvazije i 5% drugih lokalnih sorti.

Pogledao je na tren ka meni nasmejavši se jer je moje lice odavalo da nemam pojma o čemu govori. Razumela sam, naravno, da su u pitanju sorte grožđa, ali ništa dalje od toga. Ali način na koji je on to pričao i samopouzdanje koje je iz njega zračilo držalo me hipnotisanom za svaku njegovu reč.

— Proizvodnja vina je sve više napredovala, ali je krajem XIX veka došlo do pojave nekih „bolesti" koje su uništavale mnoge sorte, što je za posledicu imalo iseljavanje velikog broja ljudi odavde, u potrazi za boljim životom mnogi su otišli u Ameriku. Regija je naglo osiromašena. Oni koji su odlučili da ipak ostanu morali su da sade nove vinograde. Početkom XX veka vina iz ove regije su postala toliko poznata da su izvožena i van zemlje. Tržište više nije moglo biti pokriveno samo proizvodnjom odavde pa se proširilo i na druge regije. Vino *chianti* se proizvodilo i po drugim regijama, ali su, kako bi sačuvali svoju tradiciju, vinari iz ove regije osnovali udruženje i kao zaštitni znak izabrali crnog petla, tradicionalni znak Vojne lige Kjantija. Kasnije su se izborili da na njihovim vinima stoji pored njega i oznaka *classico*, što je bila jasna razlika. Dakle, vina na kojima pronađete ovu oznaku zajedno sa crnim petlom, bez sumnje su originalnim poreklom upravo iz ove regije.

Iako nisam polovinu reči razumela činilo mi se da ga mogu danima slušati jer je njegov glas napola poput šapata bio opijajući. Mora da se alkohol iz sveg tog vina nalazi i u vazduhu usled nekog isparenja, pomislila sam pa brzo zavrtela glavom kao da ću ga oterati. Podsetnik sebi da moram biti opreznija. Utom smo stigli na odredište, pravo u centar zbivanja, koji je ličio na neku vrstu vašara sa svim tim bojama i ljudima okolo. Mešavina mirisa u vazduhu od začina, preko vina do mora... učinila je da na tren osetim kako se ono davno uspavano uzbuđenje polako budi.

- Majra -

Gradonačelnik ovog mesta, ili kako god se to ovde zvalo, ljubazno nas je primio i to je sve što sam uspela da razumem. Čak i kada bih znala italijanski, makar površno, nije bilo šanse da pohvatam ni jednu jedinu reč usled brzine kojom je pričao. Na svu sreću, Kia mu je parirala pa je to znatno olakšavalo stvari za nju, ali sam na njenom licu mogla pročitati da nije zadovoljna baš svime što joj je servirano. Gabriel i ja smo sedeli u pozadini kancelarije, a videvši verovatno moj zbunjeni izraz lica on je pokušavao da mi prevede ukratko o čemu se radi.

— Postoje uslovi koje ovim ugovorom mora ispuniti. Kao što je renoviranje kuće, i sa time mora početi u roku od dva meseca, kao i završiti za najviše tri godine. Depozit koji uplaćuje je pet hiljada evra i on će joj biti vraćen kada završi, ukoliko ispuni sve uslove. Ostatak od hiljadu evra ide na pokriće troškova oko dozvola, notara, registracija i sličnih birokratskih stvari. Ima još dosta sitnica koje su manje važne, ali ono što je najvažnije, može dobiti bonus od 50% učešća od strane italijanske vlade u troškovima renoviranja ili čak kupovine nameštaja, ali najvažniji uslov za to je da nekretnina koju kupuje ne može biti izdata niti prodata. Ona se mora preseliti ovamo i živeti u njoj. Minimum pet godina.

Čekao je na moju reakciju dok sam ja zbunjeno blenula u Kiu iako mi je bila okrenuta leđima. Znala sam da obožava Italiju, ali odluka o potpunom preseljenju ovamo je nešto sasvim drugo. Sa druge strane, mislim da je totalno zaglibila, jer neće imati dovoljno novca za sve to. Čak i da podigne svoje osiguranje, kako je pominjala, a što je po meni totalna glupost, to je još svega nekih deset hiljada evra. Ne znam u kakvom je stanju kuća, ali prema Gabrielovim rečima šta možemo da očekujemo, verujem da to neće biti dovoljno.

Kia je na kraju slegnula ramenima kao da nema drugog izlaza. Možda ga i nije imala. Ili jeste. Sada je svakako u šah-mat poziciji. Može da pokuša da sve to ispuni ili da ostane bez svojih šest hiljada evra, jer joj se u tom slučaju novac neće vratiti. Na kraju je sasvim teatralno ustala, izvukla iz svog džepa kovanicu od jednog evra, a onda je uz neznatni tresak spustila na sto ispred takozvanog Marčela.

— Pa, onda mi pokažite moju novu kuću! — rekla je sa ponosom u glasu.

Gabriel i ja smo se, prikrivajući usne rukom, nasmejali na tu njenu izvedbu.

Prilično smo se udaljili od, kako bih rekla, centra ovog grada, sela ili šta god bilo, ponovo vijugavim stazama pratili Marčela u Gabrielovim kolima, kada je već sve oko nas ponovo bilo beskrajno zelenilo vinograda i čempresa. Imala sam utisak da smo otišli na drugu planetu, mada je Gabriel rekao da smo na samo dvadesetak minuta od Kjantija. Mesto se zvalo Radda, ako se ne varam. Očekivala sam da će se ponovo početi pojavljivati mesto sa novim brojem kuća a onda je Marčelo skrenuo i stao. Tu, usred ničega, pred nama je bila kamena kućica obrasla šibljem... ili je možda ispravnije reći koliba? Ako sam ja bila u šoku nisam ni smela da pogledam u Kiu koja je malo reći zbunjena jedva uspela da pogodi vrata automobila i izađe van.

Marčelo je razmrdao suviše obraslu travu kako bi došao do vrata koja su, nećete verovati, imala i ključ mada je delovalo da tu drvenariju u vidu vrata možete i nogom pomaknuti, uz rizik rušenja apsolutno svega kao kule od karata.

— Pa, deluje kao da joj je potrebno malo sređivanja — došapnuo je Gabriel.

— Oh, senjore, kako oni kaže, ne sudi po ambalaži — dobacio je Marčelo na čudno akcentovanom engleskom jeziku.

Klimnuli smo glavom i pratili ga unutra.

Velika drvena vrata u lučnom obliku su se pomakla uz manji napor i škripu. Sledilo je nešto poput malog hodnika od dva metra, a potom, sa desne strane, ogroman prostor od reklo bi se tridesetak kvadrata, sa starim kaminom u uglu za koji bih se zaklela da nije radio od kada je postavljen, verovatno u nekom od prethodnih vekova. Pa, tako je bar delovalo. Svuda je bila prašina i šut, koje bismo morali preskakati. Desnom stranom su se prostirali prozori, troje njih, svaki dvokrilni sa drvenim spoljnim roletnama koje su tipične za Italiju. Bar bile na slikama. Marčelo je sa ushićenjem, kao da pokazuje stan na Menhetnu, poželeo da pokaže kako divno svetlost obasjava sobu pa mu je jedno krilo ostalo u ruci dok je sa spoljne strane roletna ostala da visi. Kia se trznula, a ja sam progutala pljuvačku.

Sa leve strane su bile stepenice koje bi bez sumnje trebale voditi na gornji sprat, a levo od njih prostor koji je bio predviđen, po svemu sudeći, za kuhinju. Odatle je bio izlaz za van, u, pretpostavljam, dvorište. Na spratu su bile dve sobe, ili bolje rečeno sobice, koje takođe zahtevaju dobro ulaganje da bi se mogle nazvati spavaćim.

— Kupatilo? — pitala je Kia skoro bojažljivo.

— Dole, ispod stepeništa. Ali nema voda, mora pusti. Ima česma napolje... crevo može...

Svi smo gledali zbunjeno.

Kia je otpratila Marčela nešto kasnije, dok smo se Gabriel i ja i dalje okretali okolo razgledajući. Onda nam se pridružila u tom takozvanom dnevnom boravku.

— Pa... sve u svemu... deluje poprilično romantično — rekla je gledajući okolo sa rukama na bokovima, a onda briznula u plač.

Stvorila sam se kraj nje u dva koraka i zagrlila je.

— Mila, sve će biti u redu. Rešićemo. Nemoj se predavati — pokušavala sam da je utešim i pružim joj podršku, ali kao što rekoh, ne mogu osetiti sa kakvim se porazom trenutno bori kada stavlja na kocku sve, takoreći bacajući sve što ima u kako se činilo bunar bez dna.

— Poznajem ljude koji se bave restauracijom… logično. Obezbediću ti kontakte. Čak štaviše, dovešću ih ovamo. Siguran sam i da ih mogu ubediti da ti daju neki popust… — rekao je Gabriel, sa smeškom približavajući nam se.

Ja sam bila u iskrenom šoku. Nisam navikla na pomoć od ljudi u takvom nesebičnom, bezrazložnom obliku, i njegov me je gest iskreno dirnuo. Kia ga je pogledala suznih očiju i nasmejala se.

— Stvarno? Učino bi to za mene? — pitala je napola zbunjeno, kakva sam bila i ja.

Ali on je samo nonšalantno slegnuo ramenima kao da to nije velika stvar. Možda i nije bila. Za njega. Ne znam. Ne poznajem ga. Karlo bi to uradio, pomislila sam. Karlo kojeg ja znam. Možda su doista sličniji nego što izgleda.

— Zašto da ne? Naravno da ću pomoći ukoliko mogu, sa zadovoljstvom. Uostalom, pomoći ću vam i sa sređivanjem, ukoliko ste voljne da to prihvatite.

— Oh, ne, ne bismo to mogle da tražimo — uključila sam se pre nego je Kia uspela i to zdušno da prihvati. Svesna sam da joj je sada svaka pomoć dobrodošla, ali iskorišćavanje njegove dobre volje nije mi se činilo ispravnim. — Već smo ti dovoljno vremena uzurpirale i to jednostavno ne bi bilo fer. Nisi dužan da nam posvećuješ svoje vreme. U redu, značili bi nam kontakti i ljudi koji bi ovo mogli dovesti u stanje nekog reda, ali sve preko toga bilo bi previše.

Gabriel se na tren namrštio i moram priznati da me je čak i ta njegova faca nešto „radila", da ne kažem da mi se dopadala. Delovao je autoritativno. Moćno.

— Gluposti! — odgovorio je odsečno. — To nije ništa, uostalom niste to od mene tražile, moja je slobodna volja da to učinim jer to želim. Tako da se nemoj opterećivati time — rekao je i na moj pokušaj nove replike gestikulacijom mi dao do znanja da je time razgovor na tu temu završen i da se uzalud trudim. Morala sam to da prihvatim sa osmehom. Ipak, nešto sam morala da dodam.

— Neprijatno mi je, jer se gotovo i ne poznajemo.

Delovalo mi je kao da se smračio na te moje reči ali im nisam davala dublje značenje, verovatno je samo nezadovoljan mojim novim protivargumentima.

— Karlo te je takoreći uvukao u sve ovo i sada si zaglavio tu sa nama... Verujem da će se i on javiti u nekom momentu pa ću moći i njemu da zahvalim... — pokušavala sam izokola da ispitam teren i saznam šta je to toliko važno sprečilo Karla da se pojavi ovde umesto Gabriela. Beskrajno sam zahvalna na njemu u ovom trenutku, ali ipak, nešto se nije uklapalo.

Gabriel je na tren oborio glavu prebirajući po ključevima koje je držao u rukama pa gotovo promumlao:

— Mmm... da. Karlo je na službenom putu u Rimu. Vratiće se kroz par dana.

OK, to je delovalo kao logično objašnjenje, mada ne znam zašto mi i sam nije to rekao. Poslaću mu imejl kasnije, pomislla sam. A onda se setila još nečega.

— Ovde verovatno nema interneta? — shvatila sam u tom momentu. Ako nije bilo struje ni vode, bar ne u kući trenutno, misao o internetu je bila verovatno ravna naučnoj fantastici.

— Bojim se da ne — Gabriel se takoreći nasmejao, dok sam ga ja užasnuto posmatrala. — Ukoliko ti je potrebno nešto hitno zbog posla mogu te odbaciti nazad do grada ili možeš koristiti moj u kancelariji ukoliko bi se tako osećala lagodnije... ali svakako ću se potruditi da nabavim ono što je potrebno da i to osposobimo u skorije vreme.

— U redu, hvala ti na tome. Nije toliko hitno, ali verujem da će mi trebati kroz par dana svakako pa ćemo tada videti.

— Hej, pa imaćeš ga svakako večeras u hotelu — na kraju je takoreći zapevao kada se toga dosetio.

— Oh, ali nismo rezervisale hotel, sećaš se? Uostalom, ne želim nigde da idem. Ovo je moja kuća! — ubacila se Kia žustro, kao da je u dvorcu.

Gabriel i ja smo je zgranuto pogledali.

— Nećete valjda provesti noć ovde? — pitao je takoreći povišenim tonom.

Kia je samo slegnula ramenima. Pokušala sam da joj se približim ponovo, verbalno i bukvalno.

— Mila, slažem se sa tobom, ali kuća nema osnovnih sredstava za život. Dok to ne rešmo moraćemo da nađemo privremeni smeštaj.

— Ti idi, slobodno. Ja ostajem ovde!

Ponekad bi me njena tvrdoglavost petogodišnjeg deteta zaista umela isterati iz takta, pogotovo kada se radi o ovako nerazumnim stvarima. Tako i posle dosta ubeđivanja Kia nije odustala, dala se u sređivanje sobe na spratu ubeđujući nas da će je srediti do večeri dovoljno pristojno da se u njoj može prenoćiti. Nisam bila optimista, ali nisam je ni mogla ostaviti samu. Odšetala je na sprat, a ja sam pošla da ispratim Gabriela do automobila, kada su kroz prozor sobe na spratu počele da lete stvari, na šta smo se oboje cimnuli.

— Mislim da će biti bolje da požurim gore — rekla sam.

Gabriel je klimnuo glavom napola zabavljeno napola zabrinuto dok je sedao u automobil.

— Hvala ti još jednom na svemu, beskrajno — rekla sam naginjući se sa druge strane prozora.

— Još jednom, nema na čemu. Vidimo se uskoro — rekao je sa smeškom i pre nego sam stigla da pitam šta to znači odjurio je niz ulicu.

Kada se prašina od automobila slegla shvatila sam da pred sobom gledam u zelenilo koje se u daljini stapalo kao po nijansama u različitim visinama brda. Bilo je kao naslikano, sa suncem koje je obasjavalo prizor.

IX POGLAVLJE

- Majra -

Dva sata kasnije, Kia i ja bile smo potpuno pokrivene prašinom koja se polako taložila po sobi. Prozori na obe strane bili su širom otvoreni, ali trebalo je vremena da sve to izađe van. Izbacile smo kroz njih sav zaostali šut i neke od dasaka koje su se tu našle, i sada je bila gotovo potpuno prazna. Ostao je samo stari rustični kovčeg u lošem stanju ali funkcionalan, koji je bio pretežak za izbacivanje, a Kia nije ni želela da ga odbaci. Rekla je da će ga ofarbati i dati mu potrebnu svežinu, ali da želi da ga zadrži, pa je ostao tu u uglu.

— Hoćemo li na njemu i spavati? — pitala sam kada sam konačno shvatila da nemamo ništa oko sebe sem dasaka.

Slegnula je ramenima i sama postajući svesna činjenice da nije bila u pravu u vezi ostanka ovde, ali sada je već bilo gotovo.

— Možemo posložiti nešto od odeće...

Dan se već polako zatvarao, sunce na horizontu u zalasku bio je dokaz tome i Kia me je dozvala sa terase na kojoj je stajala, pa sam joj se pridružila. Pogled je zasta bio nestvarno lep.

— Vidiš, zbog ovoga znaš da vredi — rekla je zatvorivši oči na tren i udahnula duboko.

Spazila sam u uglu dvorišta staru baštensku garnituru, tačnije sto i stolice dovoljno funkcionalne.

— Gledaj, možda ne bi bilo loše da noć provedemo napolju — pokazala sam joj prstom. — Ne bi nam bio prvi put, a svakako je manje prašine nego ovde.

Znajući da nema mnogo izbora složila se pa smo krenule van. Na česmi u dvorištu barem smo oprale ruke. Vazduh je bio suviše topao, da bi nam bilo hladno.

— Da smo se barem setile da uzmemo flašu tog *chianti*-ja... — dobacila je Kia kada smo konačno sele i tek onda postala svesna realnosti. — O, sranje! Pa nemamo ni hrane, a ostale smo bogu iza nogu. Nemamo ni auto, kako ćemo uopšte otići do grada? Nadam se da si upisala Gabrielov broj... — pogledala me je sa nadom.

— Naravno da jesam, ali čovek je ceo dan bio sa nama ostavljajući svoje poslove i takoreći tek što je otišao, ne mogu ga zvati da se vrati. Trebalo je o tome ranije da misliš, kada smo ti govorili da bi trebalo prenoćiti u hotelu. Sada i da hoćemo to više ne možemo. Moraćemo izdržati do jutra pa ću ga onda nazvati...

I dok sam ja bila u pola rečenice, a Kia kao kučence pognula glavu čuo se zvuk motora. U prvi mah sam mislila da haluciniram od silne želje i umora, ali onda se začuo i glas. Gabrielov, nesumnjivo.

— Majra!?

Raskolačila sam oči na Kiu i skočila sa stolice i požurila napred. Da, bio je to Gabriel u svom punom sjaju koji je istovarao kese i kese svega i svačega. I dok sam ja stajala još uvek otvorenih usta u čudu pred njim, dodao mi je kutiju sa picom pa sam potrčala da je preuzmem.

— Šta, ti? Mislim šta je... ovo... sve... uh? — okretala sam se oko sebe.

— Nisi valjda mislila da ću vas ostaviti ovde same bez ičega okolo? Moglo je biti mnogo lakše, priznajem, da tvoja prijateljica nije tako tvrdoglava, ali... pa, računajmo da će joj ta tvrdoglavost pomoći i svakako biti potrebna kada se od sutra bude uhvatila u koštac sa majstorima.

Još uvek sam ga gledala začuđeno. Nisam mogla da verujem šta je uradio. Čovek koji me je takoreći danas upoznao, ako ne računamo ono usputno poznanstvo od pre šest godina.

— Dođi — pokazala sam mu rukom iza kuće. — Pronašle smo u bašti neke stolice i sto, pa smo se smestile tamo.

Klimnuo je glavom i krenuo. Kada nas je Kia ugledala na prvu je reagovala jednako kao i ja, a onda sasvim spontano skočila i zagrlila ga kao da je naš spasilac na pustom ostrvu. Dobro, sa jedne strane i jeste, ali opet... eto, to je razlika između mene i nje. Ja nikada ne bih tako odreagovala bez da pobrojim u glavi sve moguće razloge za i protiv i šta bi druga strana iz tog mog postupka mogla da zaključi. Iako, moram priznati da sam umalo i ja učinila isto kada sam ga videla. Gabriel se na tren ukočio, a onda nasilno nasmešio.

— Ti si naš heroj! — govorila je Kia koja je, ponovo sasvim spontano, otvorila kutiju i navalila na picu.

Ja sam se umilno osmehnula, gotovo crveneći.

— Ne gledaj nego se pridruži — dobacio mi je i sam sedajući za sto.

I tako smo nas troje, usred ničega u Italiji, na tuđoj zemlji, stvarali svoje najlepše uspomene, jedući picu i pijući jedno od najboljih vina na svetu iz plastičnih čaša. Nas dve prljave kao prasice i Gabriel u svoj svojoj svetlosti.

— Tvoj sam večiti dužnik! — rekla je Kia kada se konačno najela. — Mada ću ti vratiti sve troškove koje si imao čim podignem novac.

— Molim te... ni ne pominji. Kakav bih ja to domaćin bio ako bih to dozvolio.

— Pošteno, ali ovo je moja kuća! — Kia je odmahnula glavom kao gazda na šta smo se svi nasmejali.

— Sve što sam uspeo da nađem u Kjantiju i okolini sam doneo, nisam imao mnogo mogućnosti jer ne bih stigao da sam išao nazad do Firence ili do Sijene. Ali mislim da će vam biti dovoljno da pregurate noć — ustao je i iz kesa koje je doneo počeo da vadi stvari. — Tu je kofa, a u automobilu su četka, kao i metla za čišćenje uz još par krpica... — veselo je namignuo dok smo ga mi posmatrale kao da izvodi predstavu. — Zatim, lampe za snalaženje u mraku. Oh, čak sam uzeo i jednu statičnu na baterije.

— Na sve si mislio — dobacila je Kia sa smeškom. — Mnogo, ali mnogo ti hvala. A šta je u onom velikom paketu tamo? — upitala je.

— Ah, dušeci na naduvavanje... sa pumpom naravno... ja ću se pobrinuti za to, ne brini.

Bio je to novi šok za nas.

— Šta? Pa nećete valjda spavati na trulim daskama? — slegnuo je ramenima kao da je sve to što je učinio gotovo ništa.

A u stvari nam je u datom momentu, u situaciji u kojoj smo se našle, poklonio ceo svet.

— OK, društvo, sedite vi, zaslužili ste odmor za ovakvu odanost — namignula je Kia. — Ja ću se pobrinuti za brisanje i osposobljavanje sobe za noć. Požuriću dok ne padne mrak.

Zaustila sam da pođem da joj pomognem ali je odmahnula rukom.

— Ni govora. Sedi tu.

Uzela je kofu, a Gabriel joj je dao ključeve automobila da izvuče četku za brisanje i dala se u akciju.

Umor me je gotovo u potpunosti savladao i vino, uz pomoć prijatnog letnjeg povetarca, dopinelo je da se osetim potpuno opijenom pa sam se zavalila na stolicu i na tren zatvorila oči. A potom ih otvorila i pogledala Gabriela.

— Zaista ne znam kako ću ti se odužiti za sve ovo. Mnogo ti hvala, još jednom.

— Prestani to da govoriš. Pomisliću da sam stvarno učinio nešto veliko.

Morala sam da se nasmejem na tu skromnost.

— Neko poput tebe... — počeo je opet sa onim svojim blagim, tihim, gotovo promuklim glasom... a onda se zagledao u mene i na tren zastao kao da se pribrao pa nastavio — mislim poput vas... dve... zaslužuje da pije ovo vino u najekskluzivnijim i najotmenijim restoranima a ne iz kartonskih čaša...

Bilo je nečeg mnogo većeg u tim rečima, imale su neki čudan prizvuk ali ja nisam bila sposobna da to sada dešifrujem.

— Opusti se... sve je baš onako kako treba da bude — rekla sam, mada ni sama nisam bila svesna reči koje sam izgovorila. Htela sam reći da nam je odlično baš sada i baš tu i nikakav luksuz ne bih prihvatila u zamenu za mir koji nekim čudom sada osećam... ali naravno nisam bila sposobna da sve to obrazložim. Ipak, izgleda da su mu moje reči bile više nego dovoljne da se iskreno osmehne i doda nešto što mi je u tom trenu zvučalo nerazgovetno, a što sam ponovo pripisala svojoj iscrpljenosti i slabijem rezonovanju.

— Toliko bih voleo da to bude istina.

— Hej, pa ovde ima tri dušeka — dobacila je Kia sa zadnjih vrata pa smo se oboje okrenuli i videli je kako kopa po kutiji koju je Gabriel doneo.

On je skočio da joj pomogne.

— Ah, da, dušeci... — rekao je kao da podseća sebe na to, pa joj prišao i uzeo, te krenuo sa raspakivanjem i nameštanjem na zemlju kako bi ih naduvao. — Naravno da su tri, neću vas ostaviti same preko noći.

— Ne, Gabriele, to bi stvarno bilo previše. Imaš svoj život i obaveze, a ionako smo ti uzurpirale previše vremena. Uostalom, verovatno moraš sutra na posao... — skočila sam da ga ubeđujem a ujedno mu se i pridužila na zemlji da mu pomognem.

— Pridrži to tamo — rekao je rado prihvatajući moju pomoć. — Još jednom i poslednji put, ništa od ovoga niste tražile niti me ni na šta naterale, sve je moja slobodna volja, pa vas molim da zatvorimo temu izvinjavanja i zahvaljivanja jer me već umara — govorio je dok je radio. — Nema brige ni oko čega. Sve sam sredio i posao neće propasti ako me nema par dana. Uostalom, imam toliko kredibiliteta, a i dobrih, vrednih ljudi oko sebe, da moje odsustvo nikada ne bude pod znakom pitanja. Vama sam potrebniji. Pri tom, već sam obavio neke pozive usput i neki ljudi će doći rano ujutro da porazgovaramo oko renoviranja i sređivanja.

Kia i ja smo se pogledale, ona se nasmejala a ja sam samo slegnula ramenima nemoćna da kažem bilo šta više.

Mrak je već potpuno pao do momenta kada smo uspeli da smestimo dušeke u sada već iole očišćenu sobu. Prozori su ostali otvoreni na sve strane pa se lako moglo činiti i da spavamo napolju, sem što imamo zaštitu u slučaju kiše. Nikada nisam bila na kampovanju, pomislila sam. Biće ovo najbliže tome i na stranu sve muke i problemi, bila je ovo nesvakidašnja avantura. Prethodno smo Kia i ja u dvorištu skidale slojeve prašine sa sebe, i ma koliko vazduh bio topao, prskanje hladnom vodom iz creva priključenog na česmu bilo je nešto što ne bih volela da ponovim. Ali, opet, kada se sve sabere i oduzme bio je to dan u kome je stalo mnogo toga da mi je bilo nezamislivo da sam još koliko jutros bila u svom stanu u drugoj zemlji.

Dušeci su nam bili raspoređeni na sve strane, ali smo Kia i ja bile paralelno na suprotnim krajevima zida dok je Gabriel bio ispod nas, tehnički gledano na suprotnoj strani. To je sva privatnost koju smo mogli priuštiti sebi, svi, iako se činilo da od spavanja neće biti velike vajde. Pa, dobro, bar ne za mene, pomislila sam a onda čula Kiu koja već uveliko spava snom pravednika. Nju ni topovi ne bi probudili. Nasmešila sam se i pogledala ka Gabrielu, koji nije spavao jer su njegove oči jasno svetlucale u mraku koji je samo trag mesečine prekidao. Bio je okrenut na stranu i gledao ka meni, pa sam se iz ne znam kog razloga i ja okrenula i sa drugog kraja sobe gledala u odsjaj njegovih očiju.

— Mogao si sada da spavaš u svom king sajz krevetu uživajući u svoj udobnosti — rekla sam šapatom.

Nasmešio se. Osetila sam to i videla kako mu se oči zatvaraju pri tom pokretu.

— Otkud znaš da je king sajz veličine? — uzvratio je.

Slegnula sam ramenima.

— Pretpostavljam. Nekako mi ništa drugo sem kraljevskog ne ide uz tebe.

Ne znam zašto sam to rekla. A on je uzdahnuo.

— Ne postoji mesto na kome bih trenutno radije bio — rekao je, što ponovo nisam razumela jer me je san ipak savladao i konačno sam ipak zaspala.

X POGLAVLJE

- Gabriel -

Nije bila svesna da bih pokušao i taj Mesec da uvučem u kuću da je to zatražila. Ali nije. Nije tražila ništa. A mene je to samo navodilo da sve više dajem. Celog sebe. I nisam žalio ni jednog jedinog trenutka.

Mnogo puta sam se zapitao kako bi naš ponovni susret izgledao. U besanim noćima zamišljao bih razne scenarije i okolnosti pod kojima bi se to moglo desiti. To mi je dovodilo san na oči. Mogao sam mirno da zaspim tek onda kada bih je zamislio uz sebe. Nadajući se tom trenutku. Čekajući ga. Verovao sam da će doći. Mnogo puta sam zamišljao šta bih joj rekao, kako bi odgovorila i kako bi se naš razgovor nastavio... a onda je stala ispred mene i nisam mogao reći ništa. Sama činjenica da je tu, pored mene, da je stvarna bila mi je toliko nepojmljiva da sam se morao istinski uštinuti par puta da poverujem.

Kad god bih se „zakačio" za nešto, svesno ili nesvesno bih tražio neke znakove da sam u pravu, da sam na dobrom putu. Nadu. Veru. Kako god. Tako bi mi i njene objave na društvenim mrežama davale nadu da „mi" nismo samo produkt moje mašte i da mi nesvesno daje do znanja da ne odustajem. Oduvek sam verovao u neku višu silu koja slaže stvari na svoje mesto i radi to onda kada je najbolje vreme, ni pre ni posle, koliko god silno mi nešto želeli. Samo sam verovao da smo mi pravi i da „to" dolazi u nekom trenutku. Obuzeo bi me očaj u nekim momentima. I pitao bih sebe šta to radim? Šta čekam? Čemu se nadam? A onda na njenoj objavi vidim reči:

Nastavi da veruješ... Ako to nije bio znak onda ne znam šta je. U drugoj prilici mog pokleknuća napisla je: *Sve dolazi u svoje vreme. Budi strpljiv i veruj procesu.* I ja bih nastavio da verujem. I da čekam. Znao sam da sve te stvari objavljuje nekada samo zbog posla, nekada jer joj se dopadnu u datom trenutku, možda i sama poveruje u njih, ali nije znala za moje postojanje u njenom životu i svakako nisu pripadale meni. Ali ja sam ih nesebično prisvajao. A onda je u nekom momentu objavila: *Kada je pravo vreme?* Bila je to jedna od njenih kolumni koju sam imao u svom umu kao i svaku i ne trudeći se da ih zapamtim.

Bio sam, međutim, svestan, u svakom trenutku, da sve to što osećam može biti samo plod moje mašte i onoga kako bih želeo da stvari izgledaju. Svestan da je ne poznajem tako dobro i da je sve što znam o njoj sud koji sam donosio na osnovu njenih pisanja meni, tj. Karlu, kolumni, objava... ali nisam bio uz nju fizički, da bih osetio mnogo toga što je trebalo. Možda mi se i ne dopadne kada je zaista upoznam, pomislio bih ponekad. Možda me razočara. Možda ništa nije onako kako izgleda, kako sam ja to stvorio u svojoj glavi. Nabrajao bih sebi sve loše osobine koje bi možda mogla imati, a koje bi me odbile. Možda sam time sebi tražio izlaz ili opravdanje za to što joj se nisam približio i rekao istinu. Ali na kraju bih se opet vratio na staro. Jedan pogled na njenu sliku i osetio bih fizički nedostatak toga što nisam pored nje u tom trenutku.

Zato je ovaj susret za mene bio veliki test, a samim tim i stres. Konačno bih znao na čemu sam. Znao bih to čim je ugledam ispred sebe. I osetio sam upravo ono što i pre par godina. Da je ta žena meni suđena. Ne znam kako, ne razumem ni sam, ali prosto znam. I ništa što je do sada učinila nije me ubedilo u suprotno. Naprotiv.

Ali sada sam se plašio više nego pre. Znao sam da moja laž neće moći da potraje. Nastaviće da postavlja pitanja o Karlu, a čak i da to ne učini neću moći da započnem ništa dok joj ne budem rekao istinu. Ali, ako to učinim, bojim se da mi neće oprostiti i da će sve biti uzaludno. A opet, koliko dugo mogu držati laž na površini i rizikovati da se ne otkrije. Ne, moram joj reći, čim se za to ukaže prilika, sešću i otvoreno joj reći i objasniti. Ostaju mi opet moja nada i vera da će me razumeti.

XI POGLAVLJE

- Majra -

Kako je Gabriel i obećao, rano ujutru su stigli prvi majstori, oni koji su trebali povezati kuću sa XXI vekom, odnosno vratiti joj najpre dve najosnovnije stvari za život u njemu. Struju i vodu. I dok su se oni vrzmali okolo, već je stigla i nova ekipa koja je trebalo da se pozabavi raščišćavanjem šuta i pripremom za renoviranje. Sa njima je došao i Gabrielov prijatelj, arhitekta po imenu Đovani, koji je zajedno sa Kiom izvršio pregled i dao svoje ideje o renoviranju. Gabriel i ja smo ih čekali u bašti koja je sada bila očišćena, barem od korova okolo, i mnogo pristupačnija i pitomija. Sve je vrvelo od ljudi, ali mi kao da smo bili izolovani dok smo se, ne znam kojom magijom, gubili u razgovoru o raznim stvarima. Govorio mi je o mestima koje vredi posetiti, a ja sam govorila kako bih najradije da posetim toranj u Pizi jer me je njegovo nesavršenstvo fasciniralo. Njegove priče, protkane istorijskim činjenicama od kojih polovinu nisam zapamtila, ipak su mi držale pažnju jer mi je delovalo fascinantno slušati ga sa kojom lakoćom ih izgovara, kao da je i sam bio na mnogim mestima. Nisam nikada volela istoriju ni u kom smislu, ali strast kojom on to predstavlja me je privlačila da ga pratim sa divljenjem. U nekom trenutku Đovani i Kia su nam se pridružili. Ispostavilo se da kuća nije u toliko lošem stanju kako se na prvi pogled činilo i da je prošla mnogo dobro, kako je inače moglo biti. Bila je napuštena tek par godina pa nije mnogo propala. Ipak, mnoge stvari je trebalo uraditi i mnogo je posla pred njima, to je sigurno. U svakom sučaju, neće trebati puno vremena kako bi se dovela u stanje pristojnog mesta za život, a sve ostale sitnice i dodatna uređivanja zahtevaju vremena koje će imati na pretek, s obzirom da će morati ostati u njoj narednih pet godina. Ta me je činjenica još jednom lecnula, jer sam je prvobitno gurnula u stranu. Nisam o tome pričala sa Kiom, ali pomisao da mi neće biti blizu narednih pet godina nije mi dobro sela. Ona mi je bila onaj prijatelj na koga mogu da računam u pola dana i pola noći, moj možda i jedini pravi prijatelj, i pomisao da će mi biti daleko me je uplašila. Znala sam da daljina neće prekinuti naše veze, ali opet, i bolno svesna da nikada više ništa neće biti isto.

Đovani je na našem malom stočiću raširio mapu kuće i počeo sa objašnjenjima šta sve treba uraditi, kojim tempom i kako će se koja faza odigravati.

— S obzrom da si odlučila da ipak ostaneš ovde dok traju radovi, najpre ćemo se potruditi da gornju spavaću sobu dovedemo u stanje za normalan život — rekao je sa smeškom, što je izazvalo Kiu da pljesne rukama kao dete.

Oni su nastavili sa radom, a Kia je zamolila Gabriela da nas poveze do grada kako bismo mogle da nabavimo neke od potrebnih stvari, kao i da iznajmi automobil koji će nam, bez sumnje, biti potreban u narednom perodu kako bismo normalno funkcionisali. I to je učinio. Čak i mnogo više od toga. Doveo nas je u Firencu, do rentakara, dao uputstva gde šta možemo nabaviti, uključujući i prodavnicu polovnog nameštaja, a onda sam ja insistirala da ode i odmori se. Da se vrati svom životu koji smo i previše uzurpirale. Nije se složio sa time, ali je ipak na kraju pristao, mada nevoljno.

— U redu, svakako ću morati da skoknem do stana i sredim se, kao i da uzmem adekvatnu odeću, ali ću se svakako potruditi da se vratim i pomognem vam — rekao je.

Nisam mu mogla porivurečiti. Pogotovo što sam već osetila neku vrstu žaljenja što neće biti tu, čak i na toliko malo vremena. Trudila sam se da budem realna i pravična prema njemu, ali me je nešto vuklo da ga ipak držim blizu. Možda samo nesigurnost usled toga što sam u stranoj zemlji i osećam se krajnje izgubljeno, iako je Kia bila odlična u snalaženju.

Kada smo se, kasnije tog dana, Kia i ja vratile nazad, dvorište je vrvelo od ljudi koji su se rasuli na sve strane. Sve je delovalo previše haotično, ali su vredno radili. Doneli su jedan dugačak drveni sto koji je definitivno zahtevao posebnu restauraciju, kao i dve klupe, ali bilo je dovoljno dobro da svi mogu sesti za njega. Bilo je potrebno toliko stvari, ali smo uspele da nabavimo one najosnovnije potrepštine, kao i plinsku bocu kako bismo nešto mogle skuvati. U prodavnici polovnog nameštaja Kia je uspela da pronađe većinu stvari koje bi joj odgovarale, i da ih kapariše, a jedina stvar koja je mogla odmah biti isporučena bio je krevet, koji je bio preko potreban. Srećom, soba je već bila okrečena i dobila dovoljno dobar oblik da u nju može biti smešten. Struju su uspeli da prikače ponovo, ali su još uvek imali problema oko priključivanja vode, pa je dvorište bilo iskopano okolo kao da je neka džinovska krtica prošla kroz njega. Do kuhinje je još uvek bilo nemoguće doći pa smo iskoristili plinsku bocu i u dvorištu pripremili nešto za jelo, iako smo većinu stvari kupili već gotovih kako bismo sve te ljude mogli nahraniti. Kao što rekoh, sve mi je ličilo na svojevrsno kampovanje. Ali, iako je sav taj haos vladao okolo, bilo je to nešto novo i uzbudljivo. Nije mi padalo teško. I nije mi davalo mnogo vremena za razmišljanje. Osećala sam se mnogo, mnogo bolje, kao što nisam dugo.

Kao što je i obećao, Gabriel se pojavio kasnije tog popodneva u svojoj „radnoj odeći", koja se sastojala od majice i trenerke, i koliko god sve to na njemu izgledalo „obično", ponovo je ostavljao na mene neki osećaj moći. Kako ne bismo smetali ljudima koji su vredno radili na uređenju donjeg sprata, a opet bili od koristi, preuzeli smo na sebe obavezu sređivanja druge, manje sobe na spratu. Nakon što smo je očistili od sve prašine i paučine, dali smo se na krečenje. Ne znam zašto, ali iznenadilo me koliko se Gabriel razume u sve te stvari. Koji premaz ide, šta treba zagipsovati, izbeći vlagu koja se naknadno mogla pojaviti i još mnoštvo stvari, a meni se činilo da je sve to tako lako dok se nisam i sama našla u središtu svega toga. Zaista sam počela mnogo više da cenim rad ljudi koji se bave ovim poslovima. Kao i mnogim drugim zanatima, jer sam sada imala prilike da vidim iz prve ruke koliko truda se ulaže u stvaranje svega toga. Nije da do sada nisam bila svesna, ali, kao što rekoh, ne možeš razumeti nešto dok ga i sam ne doživiš. Gabrielu je išlo odlično i delovalo je tako lako sve što on dohvati svojim rukama, dok sam se ja mučila i svaki pokušaj završavao se kapanjem boje na mene, da sam bila oblivena ljubičastim tačkicama svuda po licu i telu. Kia je želela zidove u boji lavande. Kada sam ponovo frustrirano uzdahnula i spustila četku pored sebe, Gabriel mi je sa osmehom prišao.

— Polako. Ni svet se nije izgradio za jedan dan — govorio je umirujućim glasom.

— Beskorisna sam. Nikada neću uspeti u ovome — odvratila sam frustrirano i pognula glavu.

Prišao mi je možda i previše blizu, i rukom ispod brade mi povukao glavu nagore, a onda se ponovo nasmejao kada mi je video lice umrljano od boje. Refleksno je podigao kraj svoje majice i počeo da me briše. Radio je to sa potpunom posvećenošću, a ja sam mu pratila svaki pokret zaustavljajući dah. Njegov pogled kao da je osim te boje skidao i sloj po sloj mene same. I pri tom ne mislim u smislu požude. Bilo je to nešto više, kao da je rušio moje zidove. Padali su poput kamena ove kuće u donjem delu. Više nisam mogla da razgraničim da li buka koju čujem dolazi sa donjeg sprata usled rušenja ili iz mojih grudi od mog srca. Nešto je bilo čudno u svemu ovome.

— Pogledaj — uzeo je moju ruku u svoju i onda njome umočio četku u farbu, pa od kofe u kojoj je stajala odstranio višak i onda polako podigao kotrljajući valjak niz zid. Stajao je nagnut iza mene dok smo to radili i osećala sam kao da lebdim zajedno sa tim valjkom. Onda me je pustio da nastavim sama i taj me je potez malo poljuljao, ali sam nastavila. Išlo mi je sve bolje i samo bismo se ponekad pogledali i sa osmehom upućenim jedno drugom nastavili. Sve je sa njim u blizini bilo tako lako i sve je postajalo preteško kada nestane. I taj me je osećaj plašio. Nisam navikla da se oslanjam na bilo kog muškarca. Suviše dugo sam sve stvari obavljala sama, svesna da se na muškarca ne možeš osloniti. A onda pred sobom dobijem primerak koji govori suprotno i ne znam kako da se nosim sa time. Bilo je čudno.

Kia je uletela u sobu u nekom momentu sva usplahirena i prekinula našu malu ćutljivu trijadu, prožetu osmesima i sopstvenim mislima.

— Hej, društvo, morate videti ovo — dobacila je i nestala, brzo se spuštajući nazad stepenicama, a mi smo se u čudu pogledali i krenuli za njom.

Zatekli smo par njih oko kamina kako gledaju u zid iznad njega. Na zidu je bio neki natpis, oljušten od prethodnog sloja boje. Bio je na italijanskom pa nisam razumela u čemu je stvar, ali ubrzo se oglasio Dovani kada je ugledao Gabriela koji je takođe fascinantno posmatrao natpis.

— Hej, Gabriele, dođi da vidiš ovo, deluje kao tvoj fah — nasmejao se.

Gabriel je prišao i nežno rukom prešao preko natpisa, kao da se boji da će nestati.

— Deluje kao da je rukom napisan. Nečijom rukom. Definitivno nosi neku priču — izgovorio je. — Čak i prekriven drugom bojom ostao je tu, nije uništen. Biće da je to rađeno posebnim mastilom — zaključio je.

— Želim da ostane tu. Očigledno se pojavio sa razlogom — dodala je Kia takoreći sa suzama u očima, iskreno oduševljena.

Gabriel joj je klimnuo glavom i nasmešio se slažući se sa njom. Na kraju me je radoznalost pobedila pa sam upitala Kiu o čemu se radi i šta piše tamo.

— *Ljubav je kao plamen koji ubrzo ugasne kad se prestane povećavati.* To je citat Đovanija Bokača, poznatog italijanskog pisca iz XIV veka. I sada je tu, u mojoj kući, iznad mog kamina — uskliknula je veselo.

Nisam mogla da ne primetim koliko je puta pomenula sa ponosom da je ovo njena kuća i koliko je to čini srećnom. Kao da je preko noći odrasla i uozbiljila se jer je konačno počela da stvara nešto svoje. Imala je stan u Londonu, ali njega je dobila od roditelja. Ovo je njen prvi zadatak na kome se dokazuje sama sebi i bilo je više nego očigledno koliko joj to prija i koliko je menja u pozitivnom smislu. I do sada je bila snažna i nezavisna, ali ovo je jedan novi nivo gde sve te osobine dokazuje na delu. I bilo mi je neizmerno drago zbog nje.

XII POGLAVLJE

- Majra -

Trećeg dana radova, Kia je sa Đovanijem otišla gradonačelniku oko sređivanja neke dokumentacije, a Gabriel se pojavio tog jutra u svom novom izdanju praćenom belom lanenom košuljom i bež pantalonama i već sam počela da se pitam postoji li nešto u čemu ovaj čovek ne izgleda dobro. No, srećom, prekinuo je moje misli nesvestan u kom smeru vode, kako bi mi natuknuo nove.

— Znao sam da danas neće biti posla za nas ovde pa sam pomislio da bismo mogli otići do Pize, pošto si govorila da bi je volela posetiti.

— Da, naravno — uskliknula sam veselo ni ne razmišljajući.

To mu je izazvalo osmeh na lice koji je bio neverovatno lep i iskren.

— Onda, izvoli — pokazao je rukom nazad ka automobilu.

Iskoristio je par minuta koliko mi je bilo potrebno da se spremim jer sam jedva čekala da krenem i za to vreme prošao kućom da vidi kako napreduju radovi. Nisam mogla da ponovo ne pomislim da ipak jedan muškarac mora biti tu da drži uzde. Koliko god žena bila jaka i hrabra i odvažna... svako će je gledati kao slabiji pol i nalaziti načina da je na neki način, manji ili veći, prevari. To što je Gabriel bio tu, nije im davalo prostora za fušeraj, ni za zabušavanje, a svakako ne za prevaru bilo koje vrste.

Parkirao je automobil, a onda smo krenuli pešice uz ulicu blagog nagiba penjući se veličanstvenom čudu krivog tornja u Pizi. Kako smo se približavali sve više ljudi nam je dolazilo u susret, vrvelo je od turista na sve strane. Iako ogromna površina, bila je prekrivena ljudima različitog porekla. Uz jednu stranu ulice pa sve do naspram tornja bili su kafići i restorani koji su pružali pogled na ovu veličanstvenu građevinu. Ostavio me je bez daha. Da sam na trenutak samo zastala i upijala taj prizor pred sobom. Kakvo savršeno nesavršenstvo. Toranj je stajao tu, preda mnom, u svojoj punoj veličini, nemo govoreći da čak i ono što ne ispadne najbolje ni savršeno može biti opčinjavajuće i voljeno. Ljudi sa svih strana pokušavali su da uhvate u kadar najoriginalnije poze sa njim. Bio je predmet obožavanja iako toga nije bio svestan.

— Pričaj mi o njemu — rekla sam ne pomerajući pogled od tornja.

Gabriel se nasmejao.

— Mislio sam da ne voliš istoriju — rekao je šaljivo.

Odmahnula sam glavom.

— Sada želim da znam. I želim da to čujem od tebe — vratila sam na tren pogled na njega i spustila glavu pomalo postiđeno. — Nekako... istorija koja dolazi iz tvojih reči ne zvuči tako dosadno...

Na tren se uozbiljio, kao da ga je moj nazovi kompliment zatekao, a onda se pribrao i klimnuo glavom.

— U redu. Sešćemo tamo i popiti nešto, a ja ću ti reći — pokazao je rukom prema kafićima.

— Koje vino danas probamo? — pitala sam zabavljeno kada smo seli.

— Mmm... Italijani kažu da je vino ujutru kao olovo, u podne kao srebro, a noću čisto zlato.

Nasmejali smo se oboje.

— Predlažem ti limončelo. To je nešto kao koktel, ali osvežavajućeg ukusa jer ima u sebi limuna. Jedno od naših nacionalnih pića takođe.

Pa sam ga poslušala. I zaista je bilo takvo. Slatkasto, ali osvežavajuće.

— Dobro — rekla sam nakon prvog gutljaja, usredsredivši se na građevinu pred sobom ponovo. Bilo mi je gotovo neverovatno da sam u ovom trenutku, kao da i sama svojom posetom pišem novu istoriju. — Da čujem... kako je ovo veličanstvo nastalo?

— Njegova gradnja počela je još u XII veku. I, naravno, prvobitno je trebalo da bude vertikalan. Ali je ubrzo nakon početka gradnje počeo da se krivi usled mekog tla. Zato mu je sa jedne strane sada visina oko 56, a sa druge gotovo 57 metara. Debljina zidova pri dnu je oko 3, a pri vrhu 2.4 metara i njegov prvobitni nagib bio je 5.5%, pa se prilikom sanacije smanjio na 3.97, a njegova masa je procenjena na preko 14 tona. Prvi arhitekta koji je na njemu radio, Bonano Pisano, stigao je do tri i po sprata i onda nestao. Nema podataka o tome da li je to zato što je shvatio da se počinje naginjati ili je jednostavno umro — slegnuo je ramenima pa nastavio: — Ostao je tako gotovo čitav vek, da bi mu naredni arhitekta, Guljeljmo de Instrik, posvetio svoje vreme. Još dosta se arhitekata uključilo u pokušaju da ga ispravi, ali uzalud, toranj je nastavio da tone iako je njegova gradnja do kraja završena 1360. godine. Ostao je tako sve dok njegov nagib nije bio prevelik, da je pretio oštećenju, pa je 1993. godine počela njegova sanacija kako bi bio bezbedan. Završena je tek 2001. godine kada je ponovo otvoren za turiste. Inženjeri su imali mnogo posla i muke da mu vrate nagib na položaj koji je imao krajem XIX veka.

— Je li sada sigurno bezbedan?

— Naravno. Ali, od početka gradnje za sve te vekove on je preživeo čak četiri velika zemljotresa, pa očigledno da je izdržljiviji nego što izgleda. Definitivno nije uzalud uvršten u jedno od sedam svetskih čuda — zaključio je a ja sam se složila. — Da li bi volela da se popneš gore?

Oči su mi blesnule na to pitanje.

— Uh, naravno... ali kako ćemo to izvesti... mnogo je ljudi okolo nikada nećemo stići... — moje prvobitno ushićenje je zamenilo razočaranje.

Gabriel se nasmejao i izvadio svoju legitimaciju koja mu je, naravno, omogućavala prolaz bez problema.

— Prepusti to meni — rekao je namignuvši mi. — Pitanje je samo da li si spremna na 294 stepenika do vrha?

Zinula sam u čudu.

— 294?

— Dobro, 296, ako gledaš sa druge strane — rekao je zabavljeno.

— OK, neću odustati — rekla sam hrabro.

Gabriel me je držao za ruku dok smo se peli svih 294 stepenika, a da to nisam ni primetila kao nešto nelagodno već sasvim prirodno. Kada smo konačno stigli do vrha i vratila disanje u normalu ostala sam nanovo bez daha od pogleda. Ne znam ni sama koliko sam fotografija napravila oduševljena prizorom ali nijedna nije mogla dočarati taj osećaj koji ću poneti sa sobom i kome upravo svedočim. Čak sam i sa Gabrielom napravila par selfija, a onda se on samo na tren okrenuo od mene na drugu stranu, a ja sam, iako znajući da to ne smem raditi, pogledala nadole i odjednom, sve je počelo da se vrti. Počela sam ubrzano da dišem i paničim kao da mi se tlo ljulja pod nogama. Spustila sam refleksno ruku na grudi kako bih se smirila ali ništa se nije menjalo. Pokušala sam da umirim disanje, ali i dalje se sve vrtelo i srce mi je sve brže lupalo.

Onda sam nesvesno vrisnula:

— Gabriele!

Mislim da se u sekundi stvorio pored mene hvatajući me za ruku i povlačeći nazad. Zabila sam glavu u njegove grudi i počela da jecam. Nisam mogla da kontrolišem sebe. Ljudi okolo su gledali... neki začuđeno, neki zabrinuto, ali sve čega sam bila svesna bilo je Gabrielovo telo koje me je čvrsto grlilo i nisam mogla da podignem glavu, stezala sam ga sve jače za košulju, očajnički.

Gabriel me je rukom mazio po kosi tešeći me kao dete, pokušavajući da me smiri i ponavljao:

— Sve je u redu. Diši. Diši.

Otkucaji njegovog srca takođe su bili ubrzani, očigledno sam ga uplašila svojom reakcijom, ali polako su se smirivali i kako sam pratila njihov ritam tako se i moj smirivao. Korak po korak, otkucaj po otkucaj, Gabriel je uspeo da me smiri. Podigao mi je glavu držeći je obema svojim rukama i pogledao u oči.

— Jesi li dobro? — pitao je zabrinuto.

Klimnula sam glavom suznih očiju.

— Izvini. Trebalo je da ti kažem da se plašim visine, ali zaista sam htela da se popnem i ja...

— Šššš... — vratio mi je glavu na svoje grudi nastavljajući da me grli. — Sve je u redu. Prošlo je. Ja sam tu. Ne bih nikada dozvolio da ti se bilo šta desi. Stajaću ispred tebe poput stene da te štitim od metaka koje život puca na nas i biću mekani dušek na koji ćeš sleteti ako ikada padneš... ili trambolina koja će te odbaciti u visine ako tako poželiš — završio je sa smeškom.

Koliko god mi te reči neopisivo prijale, bila sam zaprepašćena da ih je izgovorio sa takvom lakoćom nakon samo nekoliko dana koje smo proveli zajedno. Da, i ja sam se vezala za njega, ali on je govorio kao da me poznaje mnogo duže od toga. Ipak, situacija je delovala na mene toliko da nisam bila stabilna da ih sada razmatram pa sam ih samo uzela.

Ali, dok smo se polako spuštali nazad i kada sam najzad dotakla tlo i odahnula, sinulo mi je. Neke od tih reči bile su ispisane u mojoj kolumni. Zato su mi delovale poznato. Da li je moguće da ih je čitao ili... instinkt mi je govorio da postoji nešto čudno u svemu tome.

— Gabriele?

Okrenuo se odsutno ka meni i dalje me držeći za ruku. Nije je puštao nijednog trena i toga sam tek sada bila svesna.

— Ovo će možda biti glupo pitanje, ali... da li si ikada čitao neku od mojih kolumni?

Mogla bih se zakleti da je na tren pobledeo, ali moguće i da mi se samo tako činilo od refleksije sunca.

— Moguće. Čitam mnoge stvari po internetu, nije isljučeno da sam nekada naleteo i na to... — rekao je neodređeno i činilo se kao da ni sam sebi ne veruje. — Zašto?

— Onako... samo mi je palo na pamet da pitam... možda bih volela da čujem tvoje mišljenje — i sama sam pokušala da se izvučem.

— Oh, pa polaskan sam ako je tako. Potrudiću se onda da ih pročitam — rekao je uz osmeh.

Uzvratila sam mu i krenuli smo nazad, ali nisam mogla da se otrgnem utisku da nešto propuštam dok sam se sa druge strane opet osećala neopisivo spokojno i bezbedno uz njega. Ali nosio je i neku misteriju u sebi koja mi je sve više privlačila pažnju i tražila da je sledim. A možda sve samo umišljam kao posledicu postpaničnog šoka.

———

Do trenutka kada smo se vratili nazad već je pao mrak. Gabriel se potrudio da zaboravim svoj peh sa visinom tako što me je vodio na čuveni italijanski sladoled od lavande, potom u šetnju dolinom reke Arno, koja se kod grada Pize uliva u Ligursko more. Bilo je lako odvojiti um od tela u takvim okolnostima i prosto uživati. Iz kojeg je razloga vreme i prošlo tako brzo. Jer je opšte poznato da vreme najbrže teče kada vam se događaju lepe stvari.

Kada me je tako opijenu suncem, limončelom i, moram priznati svojim šarmom za koji na početku nisam ni bila svesna da poseduje, Gabriel ostavio pred kućom, zatekla sam Kiu za stolom u bašti povijenu nad papirima sa jednom rukom na čelu pridržavajući glavu. Bilo mi je jasno da postoji neki problem. I oblak na kome sam letela se najednom raspršio. Aladin je nestao, a sa njime i ćilim na kome smo leteli, pomislila sam i sama se sebi nasmejala na tu pomisao.

— Hej, šta nije u redu? — pitala sam pridružujući joj se za stolom.

Kia se nasmešila i podigla glavu pa frustrirano bacila olovku na sto preko papira, usput uzdahnuvši, i navalila se nazad na stolicu vidno iscrpljena.

— Pa, dobra vest je da skoro sve ide po planu — počela je, a ja sam klimnula glavom. — Loša vest je... da neću imati dovoljno para... ali to smo mogli negde već i pretpostaviti.

Pogladila sam je rukom po leđima u znak moralne podrške. A onda joj ponudila i materijalnu.

— Ne znam koliko ti je potrebno, ali znaš da možeš računati na moju pomoć onoliko koliko je to moguće. Imam ušteđevinu koju ti mogu pozajmiti. Trenutno nemam nikakve planove sa njom, pa... zašto da ne? Uostalom, vratićeš mi kada ti budu vratili depozit.

— Kroz pet godina? — upitala je sa smeškom ni sama ne verujući u to.

— Vreme brzo prođe — slegnula sam ramenima.

Kia me zahvalno potapšala po ruci.

— Hvala ti. Ali, ne. Razmišljala sam i mislim da sam pronašla rešenje. Tačnije, već sam ga sprovela u delo.

Namrštila sam se na tren čekajući da mi saopšti svoje planove.

— Pre nego smo došle ovde dala sam agenciji podatke za izdavanje stana.

Pogledala sam je zgranuto.

— Ti si svakako planirala ovde da ostaneš?

— U suštini sam znala u šta se upuštam tj. kakvi su uslovi za kupovinu kuće za jedan evro i da je jedan od njih da u njoj moram živeti neko vreme. Ono o čemu nisam mislila do tada je od čega ću živeti, jer ako odem ostavljam i svoj posao, logično. A onda sam shvatila da je najbolja ideja izdati stan i imati makar neki mesečni prihod dok ne nađem nešto drugo. U svakom slučaju, nakon što sam utvrdila kako stoje stvari ovde nazvala sam agenciju i promenila uslove izdavanja. Tražila sam ugovor na pet godina uz plaćanje godinu dana unapred. Tako ću imati dovoljno sredstava da izguram sve ovo i da se snađem za prvo vreme. Danas su me obavestili da su pronašli klijenta koji je spreman da prihvati te uslove. Iskreno, nisam bila mnogo optimistična, ali eto, imala sam sreće — raširila je ruke veselo.

— OK, shvatam. Dobro. Ali, opet, šta ćeš raditi godinu dana bez ikakvih prihoda ako sve potrošiš na renoviranje? Naravno da možeš računati na moju pozajmicu.

— Imaću to na umu — zahvalno se nasmešila. — Ipak, planiram da čim se ovo dovede u neko normalno stanje i budem mogla da odahnem, potražim novi posao. Ako sam mogla da dajem časove italijanskog u Engleskoj, zašto ne bih mogla učiti Italijane engleskom, zar ne? Uostalom, ima i dosta onlajn opcija... samo još da dovedemo taj internet ovde — ponovo se nasmejala.

— Ti stvarno ostaješ, odnosno odlaziš... kako god gledale na to — rekla sam shvatajući konačnost novonastale situacije. — Drago mi je zbog tebe, zaista jeste, samo... izvini što ću dozvoliti sebi da tugujem za gubitkom prijateljice.

Kia me zagrlila.

— Ludo, nećeš ništa izgubiti. Možeš doći kad god želiš, a što je još važnije, možeš i ostati koliko god želiš ovde, preseliti se zajedno sa mnom... kako god... sve su ti opcije otvorene.

Nasmešile smo se obe i ja sam klimnula glavom.

— Sada mi je potrebna pomoć — rekla je, a ja sam klimnula glavom.

— Naravno, reci.

— Jasno ti je da ću morati da se vratim u London na dva-tri dana da završim papirologiju oko zakupa i pokupim ostatak stvari iz stana. Ovo ovde neću moći tek tako da ostavim... da li bi bilo previše da te zamolim da ostaneš ovde i pripaziš na radove dok me nema? Ne bih ti to tražila niti te ostavila samu, ali kako vidim Gabriel je voljan da se ne odvaja od tebe, pa... — završila je insinuirajući na nešto više što se događa među nama, ali sam uz smešak prevrnula očima. — Možda smo sada u haosu, ali nemoj misliti da ne primećujem, i čim se malo ova prašina slegne, doslovno i figurativno, hoću da čujem sve... beležim, ne zaboravljam — pokazala je prstom na slepoočnicu gestikulirajući.

— Dooobrooo... putuj igumane i ne brini za manastir — rekla sam i prekinula dalju diskusiju, za sada.

— Hvala ti — rekla je ozbiljno. — Ne bih ovo uspela bez tebe.

— Nema na čemu, i ti bi isto učinila za mene.

Kia je sa ponosom klimnula glavom.

XIII POGLAVLJE

- Gabriel -

Kažu da je čovek rob sopstvenih misli. Da su one te koje ti oblikuju život. Misli o lepim stvarima, događaće ti se lepe stvari. Misli loše i privućićeš ga. Postojalo je neko prećutno ali utemeljeno mišljenje među popularnim psiholozima i novonastalim takozvanim „životnim trenerima", da čovek sam sebi kreira život kontrolišući svoje misli i usmeravajući ih u željenom pravcu. Ali, niko nije rekao šta ako ne možeš uspostaviti kontrolu nad svojim mislima? Šta ako one idu svojim putem, nesvesno od tvoje volje, i ne možeš ih sustići? Potrebno je svega 17 sekundi da se neka misao odomaći u vašem umu i počnete intenzivno da mislite o njoj. Zato je morate odbiti pre nego izbrojite do 17! Pokušao sam i to. Kada bi me spopale mračne misli ili nesigurnost koja me je vodila ka toj jami, počeo bih da brojim i time svakako skrenuo svoje misli na tren jer se mozak fokusira na drugu radnju — brojanje! Ali, nakon što izbrojim mozak se vraća u pređašnje stanje i nastavlja tamo gde je stao. Dakle, nisam mogao ići unaoloko i sve vreme brojati u sebi. Verovatno bih poludeo.

Koje su me misli mučile? Najviše one o Majri. Ona bi mi manje-više konstantno bila u mislima. Sve što bih radio zamišljao bih koliko bi bilo lepše da je tu pored mene i da to radimo zajedno. Osetio bih radost i zanos jer sam verovao da će taj dan doći. Sam po sebi. Jednom će doći i to me je držalo. A onda bih u narednom momentu pomislio kako će se to desiti, koliko su moje misli realne i zašto se ne usredsredim na sve ono što imam pred sobom umesto što čeznem za nečim nedostižnim? U jednom momentu sam mislio da sam pravi čovek za nju, u drugom bih se preispitivao da li je tako. Realno gledano, ona je bila žena kao i svaka druga, osoba kao i svaka druga, od krvi i mesa, sa svim svojim manama i vrlinama, navikama, običnim životom. Ali, za mene, ona je bila savršena i nisam mogao da shvatim zašto bi bilo ko dozvolio sebi da to ispusti ako ima priliku da dobije. U prevodu, plašio sam se da će mi je bilo ko „ukrasti", da će stići pre mene. A sa druge strane, plašio sam se i ako sam krenem ka njoj da će me odbiti. Zato sam ostajao u jednoj tački, držeći se iluzije u svojoj glavi. Ja sam nju samo voleo. Možda očajno, možda opsesivno, možda posesivno, ali nikada je ne bih povredio. Pre bih to učinio sebi. Pri tom, naravno, ni ne mislim na fizičko povređivanje, već na činjenicu da bih, ukoliko to zatraži od mene, otišao od nje. Bila bi to moja najveća bol i moj najveći poraz.

Nisam joj još uvek mogao reći istinu. Ako bih bio iskren, nije da nisam imao prilike. Današnji dan bio je savršena prilika u mnogo momenata, a najviše onda kada sam se umalo odao. Ali tada sam se sledio. Strah me je pokolebao. Nisam bio siguran kako će odreagovati, a nisam želeo da pustim tu priliku koja se stvorila da budemo zajedno. Ona je bila moja motivacija kroz sve ove godine, moja zvezda vodilja. Sve što sam postigao učinio sam zahvaljujući njoj iako toga nije svesna. Želeo sam da postanem čovek dostojan nje. Nisam ja glumio. Bio sam to što jesam. Nisam čak ni znao kakvog čoveka želi pored sebe, ali sam znao da mora biti dovoljno jak i to ne u fizičkom smislu. Njena priroda zahtevala je nekog ko će moći da je prati a ne da joj bude prtljag. Nekoga na koga se može osloniti a ne da joj bude teret. Nekoga kime će se ponositi. Kao što bih se ja ponosio kada bih samo mogao da kažem da je moja.

Izgradio sam karijeru, ali i ime. Bio sam uspešan, dovoljno moćan i moram reći tražen. Ali nisam bio srećan. Nešto je nedostajalo. A ja sam znao da je to ona. Svi su oko mene nekako bili svesniji mog uspeha i moći, od mene samog. Svi su me više cenili i verovali u mene nego što sam sam verovao. Bio sam nesiguran. Da i dalje nisam dovoljno dobar. Trebala mi je potvrda. Od nje. Ali mogu li se nadati tome kada ona ima na raspolaganju toliko boljih od mene? Može izabrati koga god želi... a nisam bio siguran da bih ja bio njen prvi izbor. Mada sam se nadao. A ta nada počivala je na činjenici da sada ima priliku da me zaista upozna. Zato nisam mogao tako brzo da je prokockam.

Moju odluku da sačekam sa priznanjem još više je učvrstila vest da će Kia biti odsutna par dana i da je radove oko kuće, kao i samu Majru, na neki način poverila meni. A to je značilo da ćemo moći provesti mnogo više vremena zajedno i da ću moći u potpunosti da joj se posvetim. Tek sada imao sam osećaj da moj život konačno dobija smisao.

XIV POGLAVLJE

- Majra -

Đovani nije najbolje razumeo Kiu kada ga je obavestila da će naredna tri dana biti odsutna. Shvatio je da ni ja neću biti tu i tako isplanirao da u tom periodu završe lakiranje unutarnje drvenarije i remont kamina, a to je značilo da bi boravak tu bio nepoželjan usled isparenja. Dakle, nisam mogla tu da spavam. Sa druge strane, nije da sam bila mnogo razočarana, s obzirom na to da mi se nije mililo da ostanem sama usred nedođije, a nisam mogla sama pitati Gabriela da ostane sa mnom preko noći, jer mi se činilo neumesnim. Jedno je ako bi se sam ponudio, ali sasvim drugačije ukoliko bih ja to zatražila. A nisam bila sigurna kako bi to prošlo. U svakom slučaju, rado sam pristala da se prinudno smestim u hotel za to vreme, ali onda je Gabriel ponovo stupio na scenu svojom velikodušnošću i ponudio mi da se smestim kod njega izjavljujući da svakako ne bi bio spokojan da me ostavi potpuno samu, a da bi bilo glupo da i sam odsedne u hotelu ukoliko već ima dovoljno veliki stan u kome mogu da odsednem. Ne znam zašto, ali na kraju sam se složila sa njegovim predlogom.

— Sve ove ljude sam ja doveo i imam potpuno poverenje u njih. Ukoliko bilo šta bude potrebno nazvaće me i bićemo tu vrlo brzo — rekao je i na taj način mi umirio savest da ostavljam ono što mi je Kia ostavila u amanet tokom svog odsustva.

Na putu za Firencu, zaustavili smo se pokraj jedne od vinarija, čiji je vlasnik bio Gabrielov prijatelj. Imala sam priliku da iz prve ruke vidim i osetim zemlju na kojoj se stvaraju neverovatni ukusi vina najpoznatijeg u Evropi, pa i šire. Frančesko, vlasnik vinograda i vinarije, bio je i više nego gostoprimljiv i ljubazan. Šetnja kroz polja vinograda sa Gabrielom, uz zrake sunca koje se polako spušta na horizontu, slika je koju ću verovatno nositi zauvek u sećanju. Volela bih kada bih mogla u sećanju da održim i osećaj koji sam u tim trenucima imala, jer sam osetila neki nalet istinske sreće i ushićenja, ali znala sam da to neće biti moguće. Nažalost, u sećanju nam ostaju samo slike, ali ne i osećaji koje sa sobom nose. Zato sam odlučila da ga maksimalno iskoristim i što je više moguće produžim, opuštajući se i ne misleći ni na šta drugo nego na ovde i sada.

— Zapitaš li se nekada kako bi tvoj život izgledao da si rođen u nekoj drugoj zemlji pod potpuno drugim okolnostima? Da li bi bio srećniji ili smo u suštini to što jesmo gde god bili... večno ćemo tragati za „zelenijom travom"? — pitala sam Gabriela dok smo sedeli za malim drvenim stočićem pod vinovom lozom, uživajući u vinu, dok sam posmatrala zelenu idilu oko sebe. Njegovo ćutanje navelo me da pomislim da se istinski zamislio nad mojim pitanjem.

— Izgleda da nisam nikada razmišljao o tome na taj način — na kraju je rekao. — Nekako sam oduvek znao šta je ono što mi je potrebno da budem srećan, pa mi mesto nije bilo toliko važno — ponovo je zastao i duboko se zamislio. — Pretpostavljam da bih bio isti i da sam bilo gde drugde.

— Jesi li onda na mestu koje te čini srećnim? — upitala sam radoznalo.

— Trenutno, da — rekao je ozbiljnim tonom. I ponovo, ne znam zašto, činilo mi se da ima mnogo više skrivenog u te dve reči. — A ti? Čini li ti se da bi te ovo mesto činilo srećnijom nego tvoj trenutni dom? — uzvratio je pitanje.

— Ne znam... izgleda da jesam od onih kojima se čini da je tuđa trava zelenija — rekla sam i slegla ramenima. — Trenutno mi deluje kao da sam u bajci. I osećam se istinski srećnom... ali ne mogu znati da li je to samo rezultat promene koja svakome prija. Možda je sve to samo osećaj koji nosi opuštanje, beg od obaveza... znaš, sve je samo trenutno i svestan si toga pa koristiš maksimalno. Uvek će ti mesta koja koristiš za odmor biti draža od onih na kojima ispunjavaš svoje obaveze. Valjda je to normalno.

Pre nego je stigao da mi odgovori, telefon mu je zazvonio i prekinuo ga. Njegova reakcija kada je video ko ga zove govorila je da je poziv nepoželjan i momentalno se namrštio, a onda se uz izvinjenje udaljio da se javi. Klimnula sam glavom i ostala na trenutak sama da uživam u prizoru. A onda su mi došle nepozvane misli. Možda mu je to devojka ili šta znam... verenica? Nisam ga ni u jednom trenutku upitala da li ima nekoga u svom životu. Pretpostavila sam da nema jer je gotovo sve vreme bio sa nama, ali to ne mora ništa da znači. Danas bar nije problem igrati dvostruke uloge, mada nisam videla razloga svemu tome. Uostalom, ne bi me pozvao sebi da je tako, ali ipak... pa sam rešila da ga pitam direktno čim se vratio.

— Nepoželjni poziv?

I dalje je bio vidno pometen.

— Loš tajmnig, recimo — kratko je odvratio.

— Devojka?

— Ne! — rekao je odsečno gledajući me pravo u oči. — Pobogu, kakvo mišljenje imaš o meni? — izgledao je istinski razjaren.

— Oprosti — rekla sam iskreno. — Samo, nisam te pitala da li postoji neko u tvom životu, a s obzirom da si toliko vremena proveo pored nas pomislila sam da to možda nekome smeta...

Klimnuo je glavom kratko, kao da razume moje zaključke, ali je još jednom ponovio:

— Ne. To nije slučaj. Bio je to neko s posla. Nema nikoga u mom životu — rekao je sada mirnim tonom.

Normalna osoba znala bi verovatno da tu treba da stane. Ali ja nisam u tom trenutku bila normalna osoba. Verovatno opijena svime okolo nastavila sam:

— Kako je to moguće? — pitala sam zadirkujući ga.

Podigao je obrve ka meni znatiželjno.

— Šta?

— Pa da osoba poput tebe nema nikoga? — upitala sam sa zaigranim smeškom.

— Hoćeš da kažeš da misliš da sam dobar ulov? — uzvratio je.

— Ulov je nešto što traže samo one kojima je cilj da se udaju. Ja bih rekla nešto mnogo više od toga... kao... kompletan paket — rekla sam odmeravajući ga od glave do pete što ga je navelo da se nasmeje. Ne znam šta mi je bilo, ali uživala sam u tome.

— Verujem da bih se trebao zahvaliti na tom komplimentu, ali i uzvratiti isto pitanje?

— Kako znaš da ja nemam nikoga? — upitala sam i dalje zabavljeno, a on je na tren zastao ozbiljnog pogleda.

— Oh, pa ne znam... valjda sam pretpostavio...

— Šalim se, dobro si pretpostavio — nasmejala sam se pa slegnula ramenima. — Nisam primetila da su se preterano borili za mene...

— To je nemoguće. Verovatno nisi dovoljno dobro gledala.

Pogledala sam ga razmišljajući o njegovim rečima.

— Možda... u svakom slučaju niko mi nije skrenuo dovoljno pažnje da bih gledala u njegovom smeru.

Nisam bila poznata po tome da otvoreno flertujem sa nekim. Bila sam od onih koje čekaju da muškarac učini prvi korak. Nekako mi je to bilo prirodnije i iskrenije. Možda je sve samo bilo odraz moje vlastite nesigurnosti. Jer samo bih tako bila sigurna da sam ja ta koja je izabrana. I samo u tom slučaju ne bih sumnjala u osećanja suprotne strane. U slučaju da sam ja ta koja bira uvek bih se pitala da li sam stvarno bila željena ili je samo prihvatio ono što mu se nudi. Ali pored Gabriela, dešavalo mi se nešto drugačije. Pucala sam od samopouzdanja za koje nisam ni bila svesna da postoji u meni. Osećala sam se življom i ženstvenijom nego ikada u svom životu. I uživala sam u tome.

XV POGLAVLJE

- Majra -

Vođena verovatno Gabrielovim zanimanjem, pretpostavila sam da će njegov stan ličiti na neku antikvarnicu prepunjenu starinama. Međutim, to nije bio slučaj. Osim što je bio prostran i svetao, sa balkonom neverovatnog pogleda, bio je jako moderno uređen i baš odlika samog Gabriela. Svedeno, gospodski, uredno, čisto i što je najvažnije, sa osećajem prijatnosti i neke topline doma iako je živeo sam. Bila je tu i tamo poneka umetnina, ali ništa preterano. Uglavnom su to bile umetničke slike na zidovima ili par sitnih skulptura koje su stajale kao ukrasi po policama modernog dizajna. Stan je imao dve spavaće sobe i smestila sam se u jednu od njih. Imao je i manju biblioteku, koja je bila najveća spona sa njegovim poslom. Sa starim hrastovim stolom i foteljama čiji je duborez podsećao na aristrokratski, originalnim izdanjima mnogih knjiga i raznim sitnicama koje bi mogle učiniti da se vratite u doba renesanse. Ali ipak, sve je bilo neverovatno lepo uklopljeno i prosto mamilo da ostanete tu. Čak i mene koja nemam nikakvih spona sa istorijom.

— Nisam ponela balsku haljinu iz XVIII veka — dobacila sam mu zabavljeno dok sam razgledala i pri tom zastala kod stare replike globusa koji sam zavrtela prstom.

Gabriel se nasmejao na moju šalu.

— Bez brige, neće ti biti potrebna — rekao je i ne razmišljajući o dvosmislenosti svojih reči, ali kada sam oštro podigla pogled ka njemu shvatio je i počeo da se ispravlja. — Hoću reći... jednu princezu ne čini haljina takvom...

Prihvatila sam prećutno i sa smeškom tu dopunu i prešla prstom po starom gramofonu koji sam uočila u uglu, a iznad kojeg su bile poređane na polici ploče sa klasičnom muzikom.

— Da li si ti to meni upravo rekao da sam princeza? Jer, ako je tako, biće to prvi put u životu da me tako doživljavaju.

Gabriel mi je prišao, stao sa moje desne strane i blago se nagnuvši uzeo jednu od ploča pa je pustio. Gramofon je blago zaškripao i ubrzo je sobom zaparao zvuk klavira, gotovo kao da ga neko upravo tu pred nama svira. Nisam se pomerala.

— Ja bih čak rekao i kraljica... — rekao je gotovo šapatom. A onda samo za nijansu višim glasom dodao: — Ali najvažnije je kako se ti osećaš.

— Trenutno se i osećam kao kraljica — rekla sam podignuvši pogled ka njemu.

Posle par trenutaka prećutnih pogleda pružio mi je ruku u znak poziva na ples. Spustila sam pogled na nju i nasmejala se, a onda stavila svoju preko.

— Upozoravam te da nisam ni malo dobra u ovome. Tvoje italijanske cipele mogle bi pretrpeti opasnu torturu.

— Šta je jedan par cipela naspram prilike da ti kraljica da svoju ruku... — odgovorio je zabavljeno koliko i ozbiljno vodeći me ka sredini prostorije. A onda mi drugu ruku stavio na bok, stavljajući nas u položaj za tango.

— Da li kraljica to i ostaje ukoliko prepusti vođstvo?

— Samo ako je kralj taj koji vodi — dobacio je, zbog čega sam se široko nasmejala.

— Onda zavladajmo ovim kraljevstvom — šalila sam se.

Ritam se pojačao i muzika postala lepršavija, pa smo se zavrteli po prostoriji u kojoj je osim nas ulazio samo još zrak sunca u zalasku kroz prozor. Ako je atmosfera ravna bajci onda i ja mogu dopustiti sebi da budem kraljica, pomislila sam.

Gabrielov trud da me nauči koracima bio je više zabavan nego učinkovit, ali sam do kraja pohvatala osnovne korake. I smejala se kao što dugo nisam.

Smejao se i on. Iskreno i široko, i bilo je jasno da to nije svakidašnji prizor. Taj je osmeh pripadao meni i to me je činilo neverovatno ponosnom.

Kada je muzika utihnula povukla sam se korak unazad i prekrstila jednu nogu iza druge pa se naklonila, a Gabriel je moj potez propratio aplauzom i poljupcem u nadlanicu.

Kao pravi džentlmen, kakav je i bio, Gabriel me je na kraju večeri otpratio do vrata moje nove sobe i ostavio u njoj. Samu. Bio je to potez pun poštovanja, i iskreno sam bila zahvalna na njemu, ali nešto mi ipak nije dalo mira. Nisam ništa očekivala, ali mi je sama odvojenost od njega pala nekako teško. Iako je bio u sobi pored, činilo mi se da nas odvajaju vekovi i zidine. A ja sam želela da ga imam pred sobom u svakom trenutku. To ne može biti dobro. Mora da me je sve ovo previše ponelo i trebala bih što pre da dođem sebi. Sa druge strane, ako me je neko konačno tretirao kao kraljicu, zar nisam smela da popustim i da se prepustim? Zar to ne zaslužujem? Plašila sam se da će se sve rasturiti, kao san. Da će se magla oko mene podići i da ću ostati sama i ogoljena. Ali, vatra koju sam videla u njegovim očima svaki put kada me pogleda nije mogla biti lažna. Bilo mi je jasno za toliko. Pa, zašto se onda uzdržavao da mi se približi više od toga? Možda mu je neprijatno jer sam Karlova prijateljica... Karlo... potpuno sam zaboravila na njega. Trebalo je da mu se javim i zahvalim. Ovde ima interneta i mogu mu poslati imejl. Uzela sam telefon, ali nisam znala šifru. Zaboravila sam da pitam Gabriela. Mislim da bi kucanje na njegova vrata u ovom trenutku bilo neumesno s moje strane pa sam to ipak ostavila za ujutru. Iako bih to najradije sada uradila. I to ne zbog Karla.

- Gabriel -

Imati je tu, u svojoj kući, u svojim rukama bilo je nestvarno... Ostaviti je samu u drugoj sobi bilo je gotovo bolno. Ali, koliko god video znakove koje mi je slala da je zainteresovana za mene i dalje nisam bio siguran da li su iskreni ili samo plod fantazije u koju je uletela. Nisam želeo da brzam i nekim svojim postupkom pokvarim sve što smo do sada stvorili. Magiju.

Osećao sam se magično pored nje. Kao da mi njen dodir daje supermoć. Osećao sam se kao junak neke davne priče. Heroj.

Ali vreme mi nije išlo na ruku. Kada me je danas Karlo nazvao da me zamoli da ga pokupim prekosutra na aerodromu umalo nisam iskočio iz sopstvene kože. Njih dvoje se ne smeju sresti. Ne pre nego joj budem rekao istinu. A možda ni posle toga. Imao sam priliku da provodim vreme nasamo sa njom i ona ne sme biti uništena. Sutra ću joj reći. Naći ću najbolji momenat i priznati sve.

XVI POGLAVLJE

- Majra -

Drugo jutro u Gabrielovom stanu dočekala sam i u Gabrielovom naručju. Da, izgleda da se tako desilo. Suspregnula sam smeh dok sam upijala njegove crte lica na jastuku pored mene, a onda vraćala film unazad na prethodni dan. Dan koji se očigledno prekrasno završio, pomislila sam i ugušila još jedan smešak.

Prethodnog dana, Gabriel se potrudio da od mene napravi turistu po Firenci, kao dobar domaćin, što je već dokazano bio. Zato me je vodio po tom otvorenom muzeju uzduž i popreko. Pored reke Arno, ponovo, na jedan od najčuvenijih mostova, Ponte Vekio. Bio je pravi izazov kretati se tim ulicama i trgovima koje koliko god bile velike, nisu vam davale prostora da se razmimoiđete sa gomilom turista koji tuda šetaju. Ne verujem da je ovo mesto ikada mirno. Ali Gabriel me je čvrsto držao za ruku, da sam se mogla opustiti i ne razmišljati ni o čemu drugom osim o uživanju. Trgovi su bili krcati replikama najpoznatijih istorijskih skulptura počev od Mikelanđelovog *Davida* do mnogih drugih.

— Originali se čuvaju u muzeju — rekao je Gabriel.

A kad smo već kod muzeja, poveo me je i do svog radnog mesta. Bila je to ni manje ni više nego galerija Ufici, jedna od najpoznatijih u svetu, i zauzima prva dva sprata zgrade iz XVI veka. Malo je reći da sam bila opčinjena. Kolevka renesanse ispunila je svoje epitete.

Naravno, našla sam i izvor zabave u vidu statue divlje svinje (takođe replike, jer je original u muzeju), koja je bila izložena u nekoj od ulica i opkoljena turistima, a koju trebate pomilovati po njušci i staviti joj novčić u usta da biste bili bogati. Poenta je da novčić padne na pravo mesto, ali naravno, nisam zapamtila koje. Najbitnije je da sam se smejala i za mene je to već bilo dovoljno bogatstvo. Prošli smo kroz glavnu pijacu i pored reke Arno uzbrdicom stigli do najvišeg dela, na vidikovac sa kojeg vam Firenca dođe kao na dlanu, i počela sam da uviđam zašto su ljudi toliko opčinjeni ovim mestom. Neću lagati, u mom slučaju to je imalo veze i sa čovekom pored mene. I to me je sve više okupiralo.

Veče smo završili u jednom od restorana pored reke Arno, jedući pravu italijansku pastu i uživajući u novoj flaši vina.

— Ako ovako nastavim, isprobaću sve vrste vina — rekla sam smejući se.

— Ako je to cena za tvoj osmeh, ne libim se da kupim jednu vinariju — Gabriel je uzvratio, sada već totalno opušten. Više se nije ustručavao i uzvraćao mi je znake koje sam mu slala prethodnih dana svesno ili nesvesno.

Reka Arno bila je i svedok našeg prvog poljupca. Topli povetarac, miris začina u vazduhu pomešan sa mirisom Gabrielove kolonjske vode, žamor ljudi... potrudila sam se da zapamtim svaki detalj tog trenutka.

Pročitala sam, a i čula mnogo puta do sada, da za neke momente prosto znate da su prelomni u vašem životu. Ali nikada to nisam mogla da razumem. Kako bi to neko mogao znati? Sada sam znala. Bio je to upravo taj momenat. Imala sam osećaj da nakon njega više ništa neće biti isto. I nisam ni želela da bude. A ne kažu uzalud: pazi šta želiš...

Jedno je vodilo drugom i na kraju Gabriel i ja smo se vratili opijeni vinom, poljupcem i jedno drugim, i proveli noć zajedno. Mislim da sam bila još uvek opijena. Pokušala sam da ustanem nečujno, ali bez da je još uvek otvorio oči, Gabriel me je zgrabio za ruku što me je ponovo nasmejalo. Bila sam poput otkačene tinejdžerke, a tako sam se i osećala.

— Mislila sam da spavaš.

— Ne, dok je kraljica budna — promumlao je teškim treptajima otvarajući oči.

— Već je deset sati, moramo da požurimo nazad, Kia će stići uskoro… — odvratila sam ga dok me je grlio.

— Ovo je tačno onaj momenat kada žalim što sam svoj život posvetio istraživanju prošlosti, a ne budućnosti. Možda kad bih sada imao neku mašinu koja bi mogla da zamrzne vreme — šalio se.

— Idem na tuširanje prva… — skočila sam i poletela ka kupatilu.

— Naravno, dame imaju prednost… — pokazao je rukom u vazduh, glave još uvek zagnjurene u jastuk.

Kada sam izašla iz kupatila, zatekla sam potpuno drugog i potpuno svesnog a ne sanjivog muškarca koji je pripremao doručak i opet bio neverovatno seksi u tom izdanju.

— Taman kada pomislim da više nemaš kvaliteta kojima bi mogao impresionirati, ti me iznova iznenadiš — rekla sam prilazeći.

Okrenuo se i nasmejao, pa mi uputio kratak poljubac u čelo.

— Idem i ja pod tuš na brzinu pa ćemo doručkovati, a onda krećemo.

Klimnula sam glavom. A onda mi je sinulo:

— Hej, mogu li se poslužiti tvojim računarom za to vreme? Danima nisam proveravala poštu usled nedostatka interneta… samo da proverim da li je sve u redu.

— Naravno. Mislim da je laptop ostao u biblioteci.

Dolepršala sam do biblioteke i uključila računar čekajući da se pokrene. I dalje sam se smejala. Sve dok moj osmeh nije zamro.

Kada sam pokrenula ikonicu za poštu, otvorio mi se Gabrielov inboks, pa sam krenula da ga odjavim kako bih unela svoje podatke, ali onda mi je nešto skrenulo pažnju. Svi mejlovi u inboksu bili su sa moje adrese, mojim imenom i prezimenom. Ja nikada nisam pisala Gabrielu… Onda sam pogledala adresu pošte i shvatila da je to imejl sa kojeg mi je Karlo pisao. Zašto bi Karlo dao Gabrielu taj imejl da čita naše prepiske? Sem ako ga nije i Karlo koristio… ali to nije imalo nikakvog smisla… Ništa nije imalo smisla.

Zvono na vratima me je prenulo dok sam pokušavala da rešim rebus pred sobom. Gotovo i ne razmišljajući, instinktivno sam krenula ka njemu. Gabriel je još uvek bio pod tušem i definitivno ga nije čuo. Da li bi bilo u redu ako ja otvorim vrata u njegovoj kući? Nisam čak ni pomislila na to u tom trenutku, sve što me je vodilo je čist instinkt, zamagljen saznanjem koje sam još vrtela po glavi. Otvorila sam vrata.

— Ne liči na tebe da zaboraviš na neko obećanje, ali ipak sam ostao sam na aerodromu, samo želim da proverim da li si dobro, jer to je čudno... — govorio je glas sa druge strane dok sam polako otvarala vrata a onda i videla kome pripada.

— Karlo?!

Samo se na tren zbunio i namrštio, verovatno dok je prebirao po sećanju ko sam ja.

— Majra? Jesi li to ti? Šta radiš ovde?! — pitao je iskreno zabezeknut.

Da, to definitivno nije bila reakcija čoveka koji mi je pisao šest godina i kome sam pre samo par dana rekla da dolazim ovamo. To definitivno nije bilo lice čoveka koji je znao šta se dešava u mom životu od trenutka kada ga je napustio pre šest godina.

I dok smo stajali tamo buljeći jedno u drugo, onaj koji je očigledno sve to znao izašao je iz kupatila i zatekao pred sobom prizor ravan svedočenju ubistvu. Nešto i jeste bilo ubijeno... moj ponos, moja nada, moja vera, moja ljubav.

XVII POGLAVLJE

- Majra -

Gledala sam kroz prozor automobila, glave naslonjene na prozor, pejzaže koji su nas pratili putem. Isti pejzaži sada su izgledali potpuno drugačije. Kao da ih gledam drugim očima. Možda jer sam ih ranije gledala kroz Gabrielove oči i sve slike delila sa njim pa sada nemaju takvu draž. Prva suza mi je tiho skliznula niz obraz. Biće i poslednja, obećala sam sebi i obrisala je. Kia me je nakratko pogledala, hvatajući moj potez perifernim vidom, pa brzo vraćajući glavu na put pred sobom.

Izletela sam iz Gabrielovog stana bez da sam ikome dala mogućnosti za bilo kakva objašnjenja. Nije bilo potrebe. A moram priznati da se nije mnogo ni trudio. Stajao je tamo pognute glave i zatvorenih očiju, svestan da je kriv. Ostavila sam njega u svojoj krivici i Karla u svojoj zbunjenosti, skupljajući svoju ogorčenost i impulsivno napuštajući mesto na kome sam samo par minuta pre toga bila srećnija nego ikada. Sada se sve srušilo. Pomalo dezorijentisana naišla sam na neki kafić u kome sam sela i malo se pribrala, pa se setila da bi Kia trebalo da sleti svakog momenta i poslala joj poruku u kojoj je obaveštavam da sam u Firenci i da bi mi trebao prevoz nazad do kuće kada i sama bude krenula. Ubrzo mi se javila shvatajući da nešto nije u redu, ali nije tražila dodatna objašnjenja, samo lokaciju, i nekih pola sata kasnije došla je po mene. Sada smo bile na putu ka kući.

— Kliše pitanje... želiš li da pričaš o tome? — konačno je progovorila kada smo se izvukle iz gradske gužve i krenule put Kjantija.

Pogledala sam je i obe smo se nasmejale.

— Pravo pitanje je odakle početi?

— Uuuu, toliko je loše?

— Prilično — klimnula sam glavom.

— Da svratimo onda u Kjanti po neko vino?

— Vidiš, to ti nije uopšte loša ideja.

Obe smo se uz osmeh složile.

— Jesi li uspela sve da završiš?

Kia je veselo klimnula glavom.

— Sve je proteklo po planu. Stan je izdat, imam novac, a Đovani me uverio da i ovde sve ide po planu.

Osetila sam ubod krivice.

— Oprosti. Ostavila si me ovde da pazim na radove, a nisam ti bila ni od kakve koristi. Bolje da sam pošla sa tobom. Kamo sreće da jesam — rekla sam na kraju ironično.

— Gluposti. Nije se moglo ostati u kući zbog isparenja. Došlo je do nesporazuma, da je ispalo da sam te ostavila na ulici. Ali sreća na Gabrielu, zar ne? — pitala je gotovo sumnjičavo.

Nasmejala sam se sama sebi i odmahnula glavom.

Ni isto vino više nije imalo isti ukus. Bilo je oporo i gotovo gorko. Nije imalo tu slatku, zanosnu, opijajuću notu kakvu je imalo dok sam ga pila sa Gabrielom u vinogradu. Držala sam misli blokiranima, na neki način trudeći se da ne ulazim dublje u razmišljanje plašeći se šta ću tamo naći. Trebalo mi je vremena da shvatim šta se dogodilo i zbog čega. Da se pomirim sa tim. Sada, kada smo Kia, ja i boca vina bili u bašti, konačno sam mogla da pustim branu i oslobodim bujicu iz sebe. Kia se takoreći nije iznenadila činjenicom da smo Gabriel i ja završili zajedno, rekla je da je to bilo toliko očigledno da je bilo samo pitanje vremena. Ali se šokirala jednako kao i ja kada je čula da je u stvari on bio taj koji se sve vreme dopisivao sa mnom predstavljajući se da je Karlo.

— Stvarno ne mogu da shvatim. Zašto bi to uradio? Jesi li ga pitala?

Odmahnula sam glavom.

— Samo sam otišla odatle kada su mi se kockice u glavi posložile. Nisam ništa ni pitala ni rekla. Nisam znala ni šta bih...

Klimnula je glavom u znak razumevanja.

— Jednom ćeš svakako morati da se suočiš sa njim. Možda je i bolje da se stvari prvo slegnu. Možda... ne znam, mora da postoji neko objašnjenje. Prosto mi je neverovatno i nelogično...

— Toliko sam zbunjena. Ne znam ko je uopšte čovek sa kojim sam bila. Koga sam u stvari upoznala? Mislila sam da je Karlo osoba sa kojom se dopisujem. Znaš, teško mi je sada da razdvojim lik od svih tih reči i pripišem ga nekom drugom. Sve se pomešalo. Da li je on uopšte imao svoje pravo lice? Da li ima neki poremećaj ličnosti? Dvostruki karakter? Bože, poludeću — uhvatila sam se rukama za glavu.

— Jako zbunjujuće, slažem se. Delovao je kao normalan, čak štaviše, suviše dobar i drag lik.

— Upravo... suviše dobar da bi bio istinit. Ne znam kako nisam shvatila... sve vreme se ponašao kao da me poznaje jako dugo i zna sve o meni. Svaku sitnicu koju sada vratim u glavi... kako sam mogla biti toliko slepa i opijena da ništa ne posumnjam — zastala sam na tren shvatajući. — U stvari, to što se ponašao tako kao da me oduvek poznaje me i uljuljkalo, to me je i opilo. I znaš šta je najgore? Što sada i ne znam da li je to stvarno bio on ili se samo pretvarao da bude ono što je znao da će mi se dopasti jer me je poznavao toliko dugo. Možda je sve to bila gluma da bi me pridobio i ostvario svoje namere... koje god bile.

Gabrielov automobil se zaustavio pred kućom. Nisam bila spremna da pričam sa njim. Ne još uvek. Ali iz njega nije ni izašao Gabriel, već Karlo. I, vrteći ključeve po rukama, izgledao je kao da mu je neugodno, prilazio nam je razgledajući okolo.

— Lepa kućica... — dobacio je tek da razbije tišinu.

— Hvala.

Kia se zahvalila sa osmehom i ustala te se pozdravila sa njim i pozvala ga da sedne. Ja sam i dalje ćutke gledala negde u neku tačku na stolu. Postiđena, mada ni sama ne znam zašto. Valjda zato što sam bila glupa i slepa. Prevarena.

— Pa... zdravo svima još jednom... — rekao je trudeći se da izmami osmeh, a ja sam tek onda blago klimnula glavom.

— Hej, nadam se da ovo nećeš doživeti kao uvredu, ali moram ti vaše skupoceno vino ponuditi u plastičnoj čaši... još mi nisu stigle kristalne čaše u stilu porodice Mediči — našalila se Kia dok mu je sipala vino u plastičnu čašu.

Karlo se sada iskrenije nasmejao.

— Pa, prihvatiću izvinjenje kao opravdano. Nadam se da ću umeti da držim takvu vrstu čaše u rukama — dobacio joj je nazad namignuvši joj.

Karlove su oči sijale, nestalne, razigrane kao što ih i pamtim. Ni nalik Gabrielovom tvrdom, ozbiljnom, nepokolebljivom pogledu. Ljudi se ne menjaju. Ne znam kako sam mogla da pomislim da je onakve reči mogao pisati ovaj čovek. Ljudi se ne menjaju. Menja se samo naša percepcija o njima. Ili ono u šta želimo da verujemo da jesu. On je imao širinu u svom ponašanju, ali ne i dubinu i usredsređenost, posvećenost koju je imao Gabriel. Ko je uopšte čovek u kojeg sam se zaljubila? Odmahnula sam glavom refleksno na svoje misli da ih rasteram, što im je skrenulo pažnju da prekinu svoj mali flert kontaktom očima.

— Ovaj... — Karlo se konačno uozbiljio i vratio pogled na mene. — Mislim da je došlo do neke vrste nesporazuma... — počeo je oprezno, a ja sam frknula posprdno.

— Sigurna sam da se nesporazum definiše kao situacija u kojoj osobe imaju iskrivljena mišljenja o nekoj situaciji i na osnovu kojih svako donese svoj zaključak, uglavnom pogrešan. Ali, ako neko svesno radi nešto da bi doveo drugu osobu u zabludu... pa, prilično sam sigurna da bi se to moglo podvesti pod... Prevara?

Karlo je klimnuo glavom.

— Ne mogu reći da nemaš pravo — zaključio je spustivši glavu na tren kao da je i sam postiđen. — Bio sam zbunjen danas koliko i ti. Ako ne i više. Jer nisam znao šta ti radiš tamo, za početak, a onda i sve ostalo... dok mi Gabriel nije objasnio... Ne znam... na neki način sam i sam još uvek ljut na njega... ali... do đavola! Način na koji je pričao o tebi... ne znam mogu li mu to priznati kao opravdanje, ni da li ga uopšte ima, ali ono što moram priznati je da mu namere nisu bile loše. Nijednog trenutka.

Pogledao me je čvrsto želeći da me ubedi u to. Nisam verovala. Što sam više razmišljala o svemu počinjala sam da se plašim.

— Način mu je bio loš, to mu ne mogu pravdati. Ali ne i namere... Pa... verujem da sve ostalo nije na meni da pričam... vas dvoje biste svakako morali da sednete i razgovarate.

Odmahnula sam glavom.

— Shvatam da si još uvek u šoku, ali ako imam makar još malo kredibiliteta kod tebe... eto, iskoristiću ga da te zamolim da ga saslušaš.

— Ti nisi ni za šta kriv — bilo je jedino što sam uspela da izgovorim.

— Iskreno, ne. Nisam. Ako si ti prevarena, ja mogu reći da sam iskorišćen. Ali, ipak bih voleo da se sve to reši na najbolji mogući način.

Klimnula sam glavom.

Karlo je odlučio da se zadrži mnogo duže nego što je to bilo potrebno, barem za mene. Zato sam ostavila njega i Kiu u dvorištu i popela se nazad u sobu. Kako nisam znala šta ću sa sobom otvorila sam svoj laptop i počela da pišem. Jer, znate kada nastaju najbolji redovi? Kada želite da pobegnete od svega što vas okružuje.

XVIII POGLAVLJE

- Gabriel -

Lako je zaneti se i zaboraviti na sve oko sebe kada konačno živite svoj san. Sve što želite je da produžite vreme, da zamrznete svaki trenutak. Da se nikada ne probudite. Zvono na mojim vratima tog jutra nije bio moj alarm za buđenje. Bila je kofa hladne vode i to sa ledom. Osetio sam udar svake ledene kockice na svom telu. Čak ni to što sam potpuno zaboravio na Karlov dolazak i njegova pojava ništa ne bi sprečili jer sam zaboravio da mi je otvoren pristup mejlovima. Majra bi svakako saznala, samo se pogodilo da odmah dobije i potvrdu svojih sumnji.

Ja, čovek koji je sve držao pod kontrolom i toliko dugo se skrivao u senci odjednom sam ispustio sve konce i nisam mislio ni o čemu. Ni o čemu sem na činjenicu da je ona tu, u mojim rukama. Kao što rekoh, lako je da vam ljubav obriše sve i potpuno vas opusti. Učini da zaboravite, da ne mislite... nikada se nije mogla sakriti. Vodio sam uzaludnu bitku. I to sam sa sobom.

Dva dana se nisam pomakao iz mesta. Nisam imao razloga ni potrebe. Znao sam da je moram potražiti, ali strah od reči kojima bi me mogla dočekati ponovo je bio veći i jači od moje hrabrosti. Povređenost i bes u njenim očima kada sam je poslednji put video treperile su pred mojim očima izazivajući fizičke ubode u moje srce. Nisam to želeo. Da li bi se išta promenilo da sam joj sam rekao? Da li bi bilo drugačije? Iskreno, ne verujem. Možda bih ja bio manje omražen ali ishod bi svejedno bio isti. Nema dobrog načina za objasniti sve ovo. Tek kada sam objasnio Karlu šta se i kako desilo, dok sam to govorio, shvatio sam koliko sam u stvari nebulozan bio. I tada, kada sam se odmakao malo i sagledao stvari tuđim očima, shvatio sam koliko sam pogrešio. Ali ono što nisam priznao čak ni sebi je da, kada bih mogao vratiti vreme, verovatno bih učinio isto. Ne bih imao hrabrosti reći otvoreno, kao što je nemam ni sada. Ta je žena bila moja najveća slabost.

Sve što sam morao da uradim bilo je da završim posao za koji sam bio odgovoran i to sam mogao iz svog stana, bogu hvala, nisam bio spreman da se spustim među ljude. Činilo se da nikada više neću ni biti. Nisam izlazio, ostatak bih vremena provodio sam sa sobom spuštenih roletni, gotovo u mraku, samo vrteći ploču koja je ostala na gramofonu poslednja puštana i taj ples u glavi... taj smeh... vraćao sam ga i vraćao kako bih ga zauvek urezao u pamćenje tako da nikakva količina vremena ne uspe da ga izbirše. Čak i ako dobijem alchajmerovu bolest, pomislio sam, želeo bih da ovo bude jedino čega bih se svakako sećao.

Nakon tri dana moje zvono za buđenje ponovo se oglasilo. Želeo sam da ga ignorišem, ali gad je bio uporan. Karlo.

— Dobrooo, ako si završio sa samosažaljenjem da krenemo sa raščišćavanjem nereda.

Okrenuo sam oči i telo od njega i vratio se polako nazad na kauč pokrivajući se i preko glave ćebetom. Karlo je došao i naglo ga cimnuo s mene.

— Ne budi dete, čoveče! Diži se i preuzmi odgovornost za svoje postupke!

Podigao sam obrve ka njemu u neverici, ali i dalje jednako hladnog izraza lica.

— Ti? Ti si taj koji nekoga poziva na odgovornost? Je li to zemlja tokom mog odsustva počela da se okreće u suprotnom smeru?

— Ha, ha... možda zato što si mi nametnuo takvu ulogu pretvarajući me u nekog sasvim drugog lika predstavljajući se mojim imenom! — uzvratio je oštro i izazvao željenu reakciju. Ubod krivice. — Ma daj, ponašaš se kao žena u pms-u! Ovo... definitivno nisi ti! Sada već i mene dovodiš u dilemu da se zapitam da li te uopšte poznajem i ko si ti u stvari?

Ovaj mali govor povredio me je više nego što sam bio spreman da pokažem.

— Šta ti uopšte znaš o tome kako je voleti nekoga? Nikada nisi bio ozbiljan ni zaljubljen! Nikada nikome posvećen! Ne znaš kako to izgleda kada bez nečijeg prisustva gubiš dah!

— U pravu si, ne znam. Ali sasvim sigurno znam da bi se Gabriel kojeg ja poznajem borio i dalje, branio bi se. Čoveče, samo budi ono što jesi. Onaj stari Gabriel, taj je i uspeo da je privuče. To je najveći adut koji imaš trenutno.

Uspravio sam se u sedeći položaj u međuvremenu, a on je seo pored mene i spustio svoj glas za par oktava pa nastavio tiho i polako.

— Više nisi onaj mali dečak od kojeg se sve očekivalo, rođače — rekao je gotovo sa sažaljenjem.

— Ćuti... — zatvorio sam oči pred sobom.

Odmahnuo je glavom.

— Ne mogu... neko ti mora reći. Neko te mora probuditi. Ne moraš se više dokazivati. Nikome. Postigao si dovoljno. Neko to za tri života ne bi uspeo. Stani. Ukoči. Odavno si svoj čovek. Nikome ne polažeš račune. Nikada nećeš dobiti njihovo priznanje da je dovoljno dobro koliko god se trudio. Uništio si sebi život jer si nastavio tako. Ne krivim te... možda bih bio i gori od tebe da se od mene toliko zahtevalo. Ali, vreme je da prestaneš... dovoljno si dobar. Za sve nas... — zaključio je i udario me rukom po kolenu u znak podrške, a ja sam i dalje buljio u pod trudeći se da ne zaplačem. Jer muškarci ne plaču. Barem ne ako nema ormana u koji se mogu sakriti. Stresao sam se na tu pomisao. — Idem da nam napravim espreso, biću u kuhinji. Sredi se i idemo u Kjanti.

Pogledao sam u njega, a on mi je klimnuo glavom i namignuo.

Karlo i ja smo odrasli zajedno. Bio je samo godinu dana mlađi od mene. Da sam imao rođenog brata verovatno ne bismo bili toliko bliski. Moj otac i njegova majka bili su rođeni brat i sestra. Ali, za razliku od njega, ja sam ostao da odrastam u porodici Lombardi. Naš deda, pa i njegov deda i tako unazad ne znam ni sam koliko vekova, navodno su bili plemićke krvi. Tako je bar moj otac tokom celog svog života govorio. Iako se bavim istorijom nikada mi se nije dalo da to istražujem. Bežao sam od toga. Ipak, verovatno kako je s kolena na koleno prenošeno, tako je i moj otac od svog oca, svesno ili nesvesno, usvojio ponašanje tiranina prema sopstvenom detetu. Na njegovu sreću, a moju nesreću, našao je za to i prikladnu ženu, moju majku, koja je bila pre svega dama u društvu, a tek potom majka. Imali su zajednički i čvrst, nepokolebljiv stav. Dete ne sme biti razmaženo i od malih nogu mora se učiti redu, radu i disciplini. Nema mesta nežnostima, pogotovo ako je u pitanju dečak. Dečak je značio produžetak loze. Plemićke loze, i mora biti spreman za to na vreme. Možda te titule u današnje vreme nisu bile ono što je značilo u prethodnim vekovima, ali za mog oca to je bila stvar prestiža i nešto najsvetije u životu. Najvažnija stvar u životu? Šta će reći ljudi! Sin jednog Lombardija u Engleskoj??? Ni u ludilu. Nije istorija nikada bila moj san. Prosto sam ostao zarobljen tu i vremenom naučio da je zavolim jer sam shvatio da neću imati mnogo izbora. Generacije naše porodice radile su u Uficiju i ja neću biti izuzetak.

Verujem da sam odrastao u nekoj vrsti internata verovatno bih osetio više pažnje, a vrlo verovatno bih se i sam mnogo bolje osećao. Nisam imao detinjstvo kao ostala deca. Nisam imao vreme za igru. Ako nisam učio onda sam morao da pohađam časove klavira koje nikada nisam voleo. Ili da učim da igram golf sa ocem jer to je bio dovoljno prestižan sport za mog oca, koji mi je bio notorno dosadan. Ali, tokom celog odrastanja radio sam ono što su birali za mene. Sav teret bio je na meni i pritisak da ne razočaram i ne obrukam porodicu. Odrastao sam kao ozbiljan, uštogljen, nepristupačan. I nikada, ali apsolutno nikada dovoljno dobar. Koliko god se trudio, šta god uradio, jedino što bih nalazio bila je kritika. Može to mnogo bolje. Pogledaj oko sebe. Svi su bolji od tebe!

Karlo je imao mnogo više sreće. Njegova majka, moja tetka, uspela je da se spase te strogoće. I sama je bila buntovnik i nije bila voljna da se povinuje njihovim pravilima, pa je moj otac neretko nazivao crnom ovcom porodice. Ja sam je pak obožavao. Verovatno delom i zbog njene hrabrosti. Kako god, uspela je da nađe sebi muža koji je bio sušta suprotnost našoj familiji i da živi onako kako želi, što nije dobro prihvaćeno od strane naše familije, ali nju to nije doticalo. Lako je njoj kad je žena, razmišljao sam tada. Mogla je da pobegne, da ode. Karlo je, samim tim, imao svu slobodu tokom odrastanja i zato nikada nije bio omiljeni unuk, što ga apsolutno nije ni doticalo. A ja sam mu zavideo na svoj slobodi koju ima. U odrastanju, u ponašanju.

Možda sam negde podsvesno zato i poželeo da budem on... možda sam se zato i predstavio njegovim imenom. Karla je bilo mnogo lakše voleti, pretpostavljao sam. Zbog sve njegove opuštenosti. Sa druge strane, ceo su život birali za mene. Želeo sam da konačno odaberem nešto sam. Ženu. Znao sam da će mi vremenom i to nametnuti. Iako sam se odavno odselio od njih njihova je ruka daleko dosezala i koliko god se trudio da im više ne pridajem značaja nisam se mogao otarasiti psihološkog uticaja koji su imali na mene i dalje. Nisam bio svestan da me ne mogu više povrediti.

Znao sam da im se Majra nikada ne bi dopala. Nije „naša", nema „plemićke" krvi... dovoljno. Nikada se nisu potrudili da bilo koga upoznaju, njihove predrasude razvrstavale su ljude poput konja, po ergelama i rasama. Ja nisam želeo da budem deo toga. Možda sam je zato krio. I od sebe samog. Nisam želeo da je ikada dotakne zlo kojim bi je mogli povrediti. Možda sam zato rekao da sam Karlo, jer sam samo tako mogao da budem. Ali nisam glumio. Možda sam uzeo njegovo ime, ali sve ostalo bio sam ja. Baš takav kakav jesam. Odlučan, usredsređen, moćan, mračan i istovremeno nesiguran usled beznadežne zaljubljenosti u jednu ženu.

XIX POGLAVLJE

- Majra -

Prethodnih pet dana kao da sam gledala film o događajima u sopstvenom životu u prethodnom periodu. Do dela kada sam ostala izigrana i slomljena. Nadam se da ovog puta epilog neće biti takav. Da, baš kao na filmu, ili nekim čudnim smislom za humor koji je život očigledno imao, Karlo i Gabriel su zamenili mesta. Sada je Karlo bio taj koji je svakodnevno dolazio, dok od Gabriela nije bilo ni traga ni glasa. Možda sam i pogrešila, možda ljude u svakom slučaju na neki način vreme promeni.

Karlo i Kia nisu gajili simpatije jedno prema drugom pre šest godina kada su imali prilike da se sretnu. Sada se to očigledno promenilo jer su varnice među njima bile očigledne još one noći kada je došao da se na neki način izvini u Gabrielovo ime. Od tog dana nije prestao da obleće oko nje. Možda se i nisu promenili, samo tada još uvek nisu znali za čime tragaju... možda se niko od nas ne menja samo je pitanje koliko dobro jedni druge poznajemo? I, opet vraćam se na isto... to kako ti vidiš neku osobu samo je tvoje mišljenje ili želja o njoj, ali ne nužno i istina.

Da li sam usled svih tih reči koje je Gabriel pisao u Karlovo ime ili na osnovu ono malo što sam ga poznavala stvorila sliku koju sam želela, stekla utisak da je možda baš Karlo čovek kakvog želim za sebe... ali nisam mogla biti dalje od istine. Sada, kada sam imala prilike da vidim izbliza njegovo ponašanje... bilo je sasvim suprotno. Nije on bio loš, daleko od toga, ali bio je baš sve ono što nikada nisam volela kod muškaraca. Previše koketan, previše napadan, previše navalentan u društvu, sa izlivima nežnosti na svakom koraku i neizbežnim „amore mio", koje je mogao uputiti i stolici čini mi se... Kiu je međutim, sve to zabavljalo i istinski joj odgovaralo. Njoj se to dopadalo. Pa, verujem da je tačno da svaka šerpa nađe svoj pokolopac. Sem mene, koja sam i dalje ostala tepsija.

Gabriel je bio sve ono suprotno... odmeren, gospodstven... delovao je hladan kao led a grejao srce poput vatre. Setila sam se ponovo scene nakon silaska sa tornja u Pizi i njegovih reči... samo sam povređivala sebe iznova vraćajući se u te momente, ali nisam mogla sve to da izbrišem. Ne, kada sam se toliko trudila da zapamtim. Ali, više nisam bila ni u šta sigurna. Jer, istini za volju, ja njega nisam poznavala. Čovek koji mi se predstavio jeste bio onaj koji mi je potreban... ali nikada neću moći da budem sigurna da li je to zaista on ili je samo odglumio sve što mi je trebalo jer me je fiksirao pre par godina i pratio sve to vreme. Ponovo sam se stresla na tu pomisao.

Spakovala sam i poslednju haljinu u kofer i zatvorila ga kada se Kia pojavila na vratima. Pre dva dana, kada smo bile u Kjantiju, uspela sam da nahvatam internet i kupim kartu za nazad.

— Hej... jesi li spremna?

— Da, sve je spakovano... sutra ujutru vraćam se svom starom životu... ili bolje rečeno, budim se iz privremenog sna — nasmejala sam se gorko, a ona me na trenutak zagrlila.

— Žao mi je — rekla je, a ja sam samo klimnula glavom.

— Svakako bih morala da se vratim nazad, zar ne? — pokušala sam da utešim obe. — Nedostajaćeš mi.

Poteklo je par suza.

— I ti meni. Mnogooo. Ali, Đovani je rekao da će mi sutra povezati mrežu i doneti ruter tako da ću biti tu dvadeset četiri sata — osmehnula se.

— Dobro. Drago mi je zbog tebe. Zaista jeste. I mnogo sam ponosna na sve što si uradila. Tako si nekako... odrasla — ponovo osmesi kroz suze. — Ali, obećaj mi da ćeš me nazvati ukoliko ti ponestane novca.

— Naravno. Ali ne brini, biću u redu. Uostalom, Karlo je spomenuo da u njegovoj redakciji traže nekog honorarca koji bi radio prevode na engleski, tako da će me vrlo rado preporučiti — namignula mi je.

— To je sjajno... nadam se i da će to među vama uspeti... lakše mi je što ne ostaješ ovde skoz sama.

Klimnula je glavom. Sunce je krenulo da zalazi.

— Volela bih da prošetam još jednom okolo, možda do susednog vinograda... znaš, da se oprostim...

— Naravno... ali neka to bude samo privremeni oproštaj...

Klimnula sam glavom mada mi je u ovom trenutku delovalo nemoguće da ikada više dođem ovamo. Situacija će biti još mnogo gora ukoliko nešto između Karla i nje postane ozbiljno jer bi onda susret sa Gabrielom bio jako nezgodan. I tada sam shvatila da bih u tom slučaju verovatno vremenom ostala i bez jedine prave prijateljice.

Sedela sam na jednom od manjih brda posmatrajući zalazak na horizontu. Osetila sam ga pre nego sam ga čula iza sebe. A onda se polako, bez reči spustio i seo pored mene. Tišina se spustila na nas, a moja suza krišom niz obraz.

— Kia je rekla da si otišla u šetnju, pa sam te potražio... pomislio sam da bi moža bilo i bolje da razgovaramo nasamo...

Pogledala sam ga.

— Ne misliš da si malo zakasnio? — pitala sam ironično, a on je klimnuo glavom i pokunjio se.

U rukama je držao neku vlat trave koju je počupao i igrao se njome.

— U pravu si. Za sve što kažeš... za sve što misliš...

— Otkud ti znaš šta ja mislim! — brecnula sam se besno, a onda se ironično nasmejala. — Ah, da, ti si onaj što me je pratio šest godina... naravno da si do sada uspeo i misli da mi čitaš!

— Zvuči užasno kada tako kažeš...

— Možda jer i jeste užasno! Za mene je užasno. Jesi li se ikada pitao kako ću reagovati kada saznam? Da ću pomisliti da si možda neki manijak?

Klimao je glavom.

— Skoro svakog dana.

— I nije ti palo na pamet da prestaneš?

Odmahnuo je glavom.

— Nisam mogao — slegnuo je ramenima. — Prosto nisam mogao... to je bila moja... ne znam, jedina lepa stvar koja mi se događa u životu? Jedino zbog čega imam volje da ustanem ujutru? Do đavola, nisam mogao da izgubim jedinu žicu koju imam sa tobom. Moraš da shvatiš jednu stvar... sve što sam učinio je zato što sam te voleo. I grešio sam jer te volim. Od prvog trenutka kada sam te video... tvoj mi se osmeh urezao u srce. To je sa godinama postalo nešto kao... opsesija. Prosto sam znao da si ti ta.

Odmahivala sam glavom.

— Ubedio si sebe u to. Nisi me poznavao.

— Neka bude i tako. Ali onda sam te upoznavao kroz to dopisivanje i shvatao sve više i više da sam u pravu.

— Zašto? Zašto si se predstavio kao Karlo? Zašto jednostavno nisi rekao da si ti?

— Prosto sam se plašio da nećeš hteti da nastaviš komunikaciju sa mnom. Ja sam uz Karla u tom periodu bio gotovo nevidljiv, običan, neupadljiv... priznaj da mi ne bi dala šansu.

Nisam mogla da odgovorim na to ako sam želela biti iskrena makar prema sebi jer zaista tada nije ostavio neki utisak na mene.

— Sa Karlom si već bila u kontaktu oko studija, znao sam da ćeš odgovoriti... posle se samo nastavilo... raslo i... iz dana u dan samo uvećavalo. Jedno za drugim... izgubio sam kompas — gledao je oko sebe kao da traži nešto po travi oko nas.

— Ta nesigurnost mi uopšte ne ide uz tebe... — rekla sam sumnjivo, a on se ironično nasmejao.

— Ne poznaješ me u drugom svetlu... ja...

— Upravo tako. Ne poznajem te. Dok ti o meni znaš apsolutno sve i iskoristio si me da to saznaš. Misliš da je to ravnopravno?

— Ne. Naravno. Ali nisam tako mislio. Ne znaš za moje rane jer sam se trudio da ih od tebe sakrijem. Nisam želeo da budem pred tobom ništa manje savršen nego što i ti sama jesi. Ali sve ostalo, sve što sam ti pisao, sve što si videla i doživela od mene za sve ovo vreme provedeno ovde... kunem ti se da je istina. Do poslednjeg atoma, to sam ja.

— Oh, Gabriele... ja uopšte nisam savršena. I ne želim to ni da budem...

— Za mene jesi! — kratko je odgovorio.

— I ti si za mene bio... ali to si verovatno već i znao jer si se potrudio da to budeš kada si prikupio sve informacije...

Odmahivao je glavom.

— Ne. Molim te. Moraš mi verovati.

— Verovati? Jer si se potrudio da mi to makar sam priznaš?

— Želeo sam... veruj mi... samo nikako nisam video zgodnu priliku i prosto me splet okolnosti pretekao...

— Ooh, nisi video prikladnu priliku? Kao na primer pre nego si me poljubio? Ili odveo u krevet? Ili možda pre nego si me pustio da se zaljubim u tebe!!?? — bila sam dezorijentisana od besa, a on je na moj poslednji slog digao glavu u nadi, ali sam odmahnula glavom. — Jesam. Zaljubila sam se kao glupača, ako si to želeo da čuješ onda eto, uspeo si. Ali, to ništa ne menja. Jer niti ti mogu oprostiti, niti ostati.

— Šta to treba da znači?

— Znači da ujutru odlazim...

— Ne možeš to uraditi.

Skočio je na noge i širio ruke, a ja sam ostala da sedim.

— To nije pošteno. U redu je da se naljutiš na mene, ali odlaskom mi čak i ne daješ priliku da se iskupim. Da ti dokažem da sam iskren.

Ustala sam polako i okrenula se suprotno od njega tako da je moje desno rame bilo nadomak njegovog. Udahnula sam duboko i znala šta moram da uradim.

— Zbogom Gabriele — prošaputala sam i krenula nazad ka kući ostavljajući ga tamo.

XX POGLAVLJE

- Gabriel -

„Vi nikada nemate poverenja u nekoga; verujete samo u svoj sud o određenim osobama. Kada se vaš sud o jednoj osobi promeni, menja se i vaše poverenje"
— Antonio de Melo

Koliko u svari verujete i sebi? Ako dozvolite nekome da izigra vaše poverenje znači da ni sami sebi niste verni i da biste se trebali plašiti i sopstevnih misli i suda o nekome. Ako ste nekome poklonili svoje poverenje, učinili ste to jer ste prosudili da je to bezbedno za vas. Za vaše srce, za vaše blagostanje. A onda ste ostali izigrani i razočarani... ko je tome kriv? Onaj koji vam je to učinio ili vi jer ste to svojom slobodnom voljom dopustili? Vi ste ga pustili da to učini, vi ste ga pustili blizu sebi.

Znači li to da nikada nikoga ne treba puštati blizu sebe? Može li čovek kao jedinka opstati ako se ogradi sa svih strana? Ili nije ipak vredno rizika? Nije li život sam po sebi rizik? Rizikujte, ako želite da živite. Ali, nemojte se onda žaliti da ste povređeni ili izigrani. Šanse su kao kod svakog rizika, pola-pola. Možda ubodete džekpot a možda samo: više sreće drugi put. Ja do sada nisam imala sreće, ali znate kako kažu... obično je poslednji ključ u svežnju onaj koji otvara bravu...

Čitao sam Majrinu najnoviju kolumnu koja je izašla petog dana od njenog odlaska. Očigledno se vrlo brzo pribrala i vratila u stari život. Vratio sam se i ja, ako je to podrazumevalo odlazak na posao i dolazak nazad. Očigledno je da je imala još mnogo toga da mi kaže i da će to činiti na ovaj način. A moja kazna će biti to što neću moći da joj odgovorim. Na tren... samo na jedan tren pomislio sam da bih mogao da se registrujem pod drugim imenom i ostavim komentar. A onda sam se sledio. Zar bih opet učinio isto? Ništa nisam naučio? Do đavola i sa mojom nesigurnošću!

Tada sam odlučio da se moram podrobnije pobrinuti za sebe. To što sam želeo da izaberem sam, makar ženu koju ću voleti... čak ni to nisam uradio kako treba. A bio je to samo moj čin revolta prema mojim roditeljima. Kao dete koje ne puštaju napolje, a ono im se isplezi kada okrenu leđa. Nisam učinio apsolutno ništa. I dalje sam vezan svim mogućim lancima i još ostao bez žene koju volim. Naterao sam je da me se plaši. To sebi nisam mogao oprostiti. Došlo je vreme da izađem iz ormana u kome sam se krio. Da zaista stanem na svoje noge i uradim nešto za sebe. Samo za sebe. Bez mojih roditelja i prezimena u pozadini kao pretnje bilo čemu ili bilo kome pa ni meni i mom životu.

Tog jutra prvo sam bacio kravatu koju sam pokušavao da vežem. A onda otišao u galeriju i dao otkaz! Tek tako. Znao sam da dolazi kijamet odmah po tom postupku ali nije me bilo briga. Odlučio sam da ću ostati mirno na svojim nogama jer nemam čega da se plašim. Nikada nisam ovo želeo. Želim da budem na slobodi. Na vazduhu, u prirodi. Pogledao sam po svom luksuzu oko sebe. Koliko sam samo puta do sada pozavideo Kii na njenoj kućici. Pa, ako je ona mogla da dođe iz druge zemlje i iz gotovo ničega stvori sebi to, šta je mene sem mog straha sprečavalo? I dokle ću se plašiti?

Kao što sam i očekivao... odmah su obavestili mog oca o mojoj ostavci, a on mi je sa drugog kraja Italije vrištao u slušalicu kako sam nezahvalan, bezobrazan i još mnogo pogrdnih reči koje svakako nije bilo prvi put da čujem, pa sam ih zanemario. Jer, ako sam uspeo da ih dobijem i kada sam sve radio savršeno sada mi bar neće biti žao. Naprotiv, tek sada sam znao da činim pravu stvar.

I prva naredna stvar na koju sam se fokusirao bila je pronaći kuću u Kjantiju koja ima dovoljno zemlje da mogu zasaditi lozu...

XXI POGLAVLJE

- Majra -

U septembru se u Kjantiju organizuje festival vinarstva, što je sebi svojstvena atrakcija o kojoj sam mnogo čula i za koju sam mislila da ću imati prilike da posetim. Ipak, nisam tamo. Prošlo je nešto više od mesec dana kako sam se vratila nazad i sve što je ostalo od Toskane su vesti koje dobijam od Kie.

Radovi oko kuće su završeni, stigao joj je i nameštaj koji je poručila... sve je u potpunosti osposobljeno za normalan život i bila je presrećna pokazujući mi preko videa svoju malu oazu. Bašta je bila neverovatno lepo sređena. Za par dana, početkom oktobra, zasadiće u njoj i tri masline. Karlo se jedva odvajao od nje pa je gotovo svaki put kada bi se čule bio tu... pa sve i da sam htela nisam pitala za Gabriela. Nisu ni oni govorili.

Nikada nisam bila zavidna, ali sada, mogla bih joj pozavideti na životu koji vodi. Daleko od toga da je moj bio loš, tačnije, bio je isti kao i pre nego sam otišla u Italiju. Ali ja sam se promenila. Sve to više nije bilo dovoljno. Kada riba jednom oseti slobodu okeana, povratak u reku čini je teskobnom. Znala sam da je taj osećaj prisutan zbog Gabriela. Nije mi nedostajalo samo mesto već i on. Ali nisam sebi dozvolila da padnem. Trudila sam se da nastavim sa svojim životom tamo gde sam stala. Moj život je postojao pre njega i bio je sasvim dobar. Tako će se i nastaviti.

Kao neka šala, u poslednje vreme svuda su mi iskakali neki citati italijanskih znamenitih ličnosti. A ja sam im prkosila tako što su mi služili kao inspiracija za kolumne.

„Kada dotaknete vodu u reci, ono što ste dotakli je zadnje od onoga što je prošlo i prvo od onoga što će doći. Tako je i sa sadašnjosti." — Leonardo da Vinči

Po nekom nepisanom pravilu Nova godina je ta kada podvlačite crtu i donosite odluke. Rezimirate šta ste uradili i dajete obećanja sebi šta ćete uraditi. Da li je to jedino vreme u kome možete napraviti presek? Život nas ponekad natera da to učinimo u nekom drugom momentu. Ostavimo sve proživljeno iza sebe i počnemo nešto novo. Neko može staviti ruku u reku, a neko napraviti i branu. Zavisno od toga koliko toga želite da zaboravite.

Oduvek sam govorila da od prošlosti nema nikakve vajde sem uspomena ili kajanja. Ali ničega što bi trebali nositi sa sobom kao teret. Ono što je prošlo više se ne može vratiti ni izmeniti. Istorija ničemu nije služila ako se od nje ništa naučilo nije i ako se greške ponavljaju.

Sadašnjost može uvek biti novi početak. Sadašnjost je večita raskrsnica na kojoj se nalazite i birate kojim ćete putem krenuti. Ne birajte isti put ukoliko želite da stignete na neko drugo mesto. Jer novi početak nikada ne može biti povratak.

Bilo je suviše očigledno da sam i dalje izbacivala iz sebe razočaranje koje sam doživela i da nisam mogla da se pomirim sa tim. Ali nije me bilo briga. Imala sam prava na svoj monolog. To je bio jedini način na koji sam mogla da uzvratim udarac. Jer znala sam, negde u dubini duše, da će Gabriel i dalje čitati ove redove. I želela sam da ga povredim onako kako je on mene povredio.

———

Oktobar je bio pri kraju kada je Kia rekla da će preko zime verovatno doći nazad jer kućica nije bila još uvek adaptirana dovoljno da izdrži u njoj preko jake zime. Kako je izdala svoj stan pitala me je da bude kod mene. Radovala sam se tome. Suviše sam je se uželela i toliko su mi nedostajali naši razgovori uživo. Stolica preko puta mene zjapila je prazna dva meseca kao bolni podsetnik da je sve što me je moglo razveseliti sada u drugoj zemlji.

Sa nestrpljenjem sam čekala decembar, ushićena jer ćemo provesti praznike zajedno i zajedno podvući crtu te ispratiti ovu godinu. A onda me je sačekalo novo razočaranje. Kia mi je javila da je odustala od dolaska i da će zimu provesti u Firenci kod Karla. Njihova veza dostigla je očigledno novi i mnogo ozbiljniji nivo, toliko da će i Božićne praznike provesti sa njegovom porodicom. Radovala sam se zbog nje, zaista jesam, ali knedla veličine globusa zastala mi je u grlu.

— Karlo i ja te, međutim, jednoglasno pozivamo da nam se pridružiš i da zajedno provedemo Novu godinu. Molim te — dodala je na kraju molećivo.

— Hvala vam, zaista, ali to neće biti moguće.

Coknula je jezikom.

— Ako brineš zbog Gabriela, on verovatno neće biti tu. Tačnije, sigurno neće, jer će biti u Francuskoj.

Naravno da je to bio glavni razlog zbog kojeg nisam želela da prihvatim njihov poziv, ali sada kada sam saznala da Gabriel neće biti tu, shvatila sam da tek tad nemam volje da odem. I priznala sebi da želim da ga vidim i da ništa što sam gurala pod tepih sve ovo vreme nije uspelo da tamo i ostane. Povrh svega, strašno me je zanimalo kakvog posla ima u Francuskoj na vrh Nove godine, ali da li bi trebalo da pitam? Do đavola, to je Kia. Ona neće likovati ukoliko nagazim po svom ponosu i postavim to pitanje.

— U Francuskoj? — bilo je dovoljno da izgovorim.

— Ah, da. Porodica sa kojom je počeo da posluje ga je pozvala da im se pridruži i smatrao je nekulturnim da odbije poziv. Tako da će biti sa njima.

Očigledno postoji mnogo toga što nisam znala i da se mnogo toga desilo za ovo vreme. A Kia je razumela moje ćutanje.

— Izvini — rekla je pokajnički. — Ali nisam ti htela govoriti o njemu, jer sam mislila da ne želiš da znaš. Bila si odlučna i odsečna u tome da želiš da zaboraviš, a podsećanje tome ne bi doprinelo. Nikada nisi ni pitala, pa sam mislila da je bolje da ni ja ne pitam. Znaš...

I dalje sam ćutala, a ona je uzdahnula pa nastavila:

— Kada si otišla Gabriel je dao otkaz u Galeriji i odlučio da se pozabavi svojim životom na način koji mu prija. Kupio je kuću nedaleko od mene. Bila je naravno malo skuplja — smeh — ali zato i u mnogo boljem izdanju, pa mu je trebalo relativno malo vremena da je sredi. Kupio je zbog zemlje. Na jesen je zasadio vinograd. Zaista se posvetio tome. I mnogo je istraživao.

Tako je došao na ideju da napravi ukrštanje sa nekom francuskom sortom... i tako je došao do te porodice koja ima vinariju negde u Provansi... Njihova ćerka, Klara, dolazila je ovde pre nekih mesec dana, kada su postigli dogovor, a sada on uzvraća posetu — rekla je gotovo u dahu.

— Njihova ćerka?

Od svega što je rekla, a što je zvučalo gotovo neverovatno, uhvatila sam se baš za to. Možda jer je to bilo u poslednjoj rečenici, tešila sam sebe. Ali znala sam da me ljubomora izjeda. Kia je zaćutala na tren i znale smo obe šta to znači.

— Hmm, pa da... ona je završila valjda taj fakultet znaš... za somelijera ili šta već, nisam baš u toku, ali to im je porodični posao, a ovo će biti njen prvi posao koji joj otac poverava pa...

— Razumem — rekla sam, ali nisam razumela ništa.

Kako je mogao tako lako da nastavi dalje nakon pustoši koju je za sobom ostavio. Dobro, ostavila sam ja njega, ali ne bezrazložno. Da li sam očekivala da krene za mnom? Možda. Verovatno. Da. Da li sam rekla da to nikako ne čini? Naravno da jesam. Šta sam onda radila?

— Da li su... oni u vezi? — pitala sam na kraju jer nisam mogla više da izdržim.

— Zaista ne znam, mila. Lagala bih te ako bih ti rekla da nisu, ali ne mogu reći ni da jesu. Ništa nije odavalo ni jednu ni drugu stranu. Karlo takođe ne zna i nije želeo da ga pita, kao ni ja, naravno.

Klimala sam glavom kao da me može videti jer sam se bojala da ću zaplakati ukoliko progovorim.

— Dakle, dolaziš? — ponovo je upitala.

Već sam i zaboravila koji je bio povod njenog poziva.

— Šta? Ne... ne... izvini ali zaista neću moći. Obećala sam Danijelu da ćemo provesti Novu godinu zajedno.

Lupila sam. Bila sam užasna i užasno se osećala jer lažem svoju najbolju prijateljicu, ali biće prilike da joj to objasnim. Sada samo nisam želela da moj tas vage na kojoj se Gabriel i ja nalazimo ostane na dnu dok je on na vrhu. Možda... samo možda i on u nekom ovako neformalnom razgovoru dozna da i ja imam „nekoga” i da sam nastavila dalje. U slučaju da mu to iz mojih kolumni nije bilo jasno. I tada sam shvatila još nešto. Sve što sam pisala bilo je kako bih ga isprovocirala da se javi, ali on to nije učinio. Sada znam i zašto... imao je pametnija posla. Očigledno.

— Ko je Danijel? — upitala je Kia logično zbunjeno, a znala sam da je i Karlo tu, tik uz nju, i prati celokupan tok razgovora i da postoji šansa da će ga preneti Gabrielu... ukoliko ga uopšte više interesuje bilo šta u vezi mene.

— Oh, samo neki lik... — počela sam da se izvlačim, kao opušteno. Nikada nisam bila dobra u laganju. — Sa posla... — koji radim od kuće uglavnom... super. — Mislim... hm... kada sam išla poslednji put do redakcije da se vidim sa svojom urednicom, sreli smo se tamo. On radi kao... fotograf... i... izašli smo na piće... pa, počeli smo da provodimo vreme zajedno. Eto...

— Zašto mi to nisi spomenula? Pa, to je divno. Stvarno se radujem zbog tebe.

I istinski se radovala, dok je moja duša sve više propadala.

— Pa, dođite zajedno, nije problem.

— O, ne, ne, ne... još uvek je rano za tako nešto... možda na proleće... videćemo.

— OK, kako želiš. Još jednom, drago mi je zbog tebe. Moram da idem sada, Karlo je napravio testeninu sa bosiljkom... mmm... miris me doziva.

Nasmejala se, a ja još jednom klimnula glavom kao da me može videti.

— Mhm, važi. Pozdravi ga i lep provod vam želim.

— Hvaalaa... čujemo se. Ciao, bella.

I sa osmehom je nestala sa druge strane žice.

A ja sam ostala sama sa svojim novim lažima. I provešću Novu godinu po svemu sudeći kao Bridžet Džouns, na sofi, uz TV i sladoled. Kako patetično. Bacila sam se na sofu i ostala u tom položaju neko vreme, a onda pogledala jastuk pored sebe i uzela ga.

— O, pa ćao Danijele! — rekla sam ironično, a onda ga zagrlila i sklupčala se sa njim dozvoljavajući sebi da konačno isplačem sve što sam ostavila na zalihama.

XXII POGLAVLJE

- Gabriel -

Prvu pravu slobodu osetio sam jesenas kada sam sadio vinovu lozu. Miris zemlje, sa suncem na leđima, i povetarcem koji daje nadu. Šteta što se mirisi ne mogu zadržati u sećanju i prizvati ponovo. Sada, ponovo pod odelom i kravatom, osećao sam se okovanim. Ali morao sam da ispoštujem porodicu Marlo koja me je pozvala na svoj elitni skup gde sam imao prilike da upoznam i mnoge druge uzgajivače, što mi i jeste bio cilj. Dogovor koji sam već postigao sa njima za mene je bio više nego uspeh, ali baš zato nisam želeo da stanem. Konačno sam radio nešto što me činilo srećnim i opuštenim. Konačno sam bio svoj.

Njihova ćerka, Klara, trudila se da mi na najbolji mogući način uzvrati gostoprimstvo koje sam joj ukazao kada je boravila u Italiji nedavno. Bio sam zaista privilegovan da budem u ovakvom društvu i osim odela koje me je podsećalo na prošle dane ništa me drugo nije opterećivalo. Nisam morao da se smejem na silu ni da govorim o stvarima koje su toliko puta rečene da se i sama statua Mikelanđelovog *Davida* smorila. Nikada se nisam osećao tako rasterećeno i opušteno... osim ako ne računam dane koje sam proveo sa Majrom. Mada sam i tada bio pod teretom laži koja me je držala zatočenim, njeno prisustvo je jedina stvar koju bih voleo poneti iz svoje prošlosti. Ono jedino koje bih voleo da prođe ruku kada je stavim u reku i nastavi dalje sa mnom. Nasmejao sam se ponovo setivši se te njene kolumne. One su bile jedini način na koji mi se obraćala. Pa sam nastavio da ih čitam, držeći se za to.

Padalao mi je na pamet da je nazovem, ali sam odustajao. Čak i da joj napišem pismo... ali nisam video svrhu. Nisam znao kako će odreagovati, a sasvim sigurno nisam želeo da je povredim još više. Dao sam joj vremena i ostao sa nadom da će mi jednoga dana oprostiti. Nisam je zaboravio. Ni jednog jedinog dana. Čak ni ovog trenutka.

Uspeo sam da ostvarim svoje snove, da živim životom koji sam oduvek želeo, da budem svoj i slobodan. I sve to uradio sam zbog sebe. Nisam se ja promenio karakterno. Ostao sam isti čovek, ali sam promenio svoj odnos prema svetu. Više nismo bili u ratu. Ali čak i tako, opet je jedno nedostajalo. Nedostajala je ona. I to je jedino što neću moći da ostvarim. Bilo je vreme da se pomirim sa tim.

XXIII POGLAVLJE

- Majra -

Prvog dana Nove godine, Kia je za mene imala još bombastičnih vesti. Karlo je zaprosio. Moja prva reakcija bila je naravno šok, potom čestitke i neizostavno nepoverenje zbog brzine kojom se sve dešava… ili je to samo meni tako delovalo. Mogla sam videti iz prvog reda da vreme nije presudni faktor da bi nekoga zavoleo i smatrao ga podobnim za sebe. Vreme je faktor koji je važan kada želiš sve to da zaboraviš, podsetila sam se.

A kada se sve malo sleglo, imala sam utisak da gledam film pred sobom. Kao da sam trčala do određene tačke, a onda njoj predala štafetu i sada je gledam kako stiže do cilja. Dok sam ja ostala na mestu na kome sam pala. Ništa se ne postiže na silu i to mi je bilo jasno. Niti sam bila od onih koji će klin klinom izbijati. Ali postajalo mi je sve teže da podsećam sebe zašto bih trebala da mrzim Gabriela Lombardija.

Ako toliko verujete u nešto, onda ne biste trebali sebe stalno podsećati na to, jer to samo znači da postoji sumnja u vaše odluke koja vas podstiče na to. Moje je srce vapilo za njim, ali bih ga ja umom svaki put „ošamarila" i vratila u ćošak, podsećajući ga koliko je bilo glupo. Ali, jesam li ja zasta bila glupa? Ništa od toga nisam mogla da pretpostavim. Ko bi mogao? Ovde nije problem u tome da me je Gabriel lagao oko svojih osećanja. Verujem da su ona bila iskrena. Sa ove distance čak verujem i da nije imao loših namera. Ali sam se bojala. Šta ako zbog svojih strahova ponovo nešto sakrije od mene. Nije bitna samo namera već i ishod. Povređenost je neminovna. I zašto uopšte razmišljam o tome kao o opciji kada je on očigledno već nastavio svoj život drugom putanjom.

Ispostavilo se da moja laž nije bila tako nevina kako se meni činilo i shvatila sam koliko lako čovek može da se uplete u nju, čak i kada to ne želi. Konačno, mogla sam na neki način da shvatim u kakvoj se situaciji Gabriel našao i kako je stigao do tačke do koje jeste. Jer je ubrzo došlo vreme kada sam i sama bila saterana u ćošak.

Kada bih se čula sa Kiom obavezno bi pitala kako napreduju stvari sa famoznim Danijelom, a ja bih svaki put dodala još nešto na svoju laž. Rasla je sve više. Do tačke kada me je pozvala da mi saopšti da su zakazali venčanje za kraj marta i rekla da joj je palo na pamet da bi možda Danijel mogao da uradi par profi fotografija, pošto je fotograf. Čak sam i zaboravila da sam mu to pronašla kao zanimanje.

— Da... naravno... — morala sam da kažem. Ispravka, nisam morala, ali nisam bila dovoljno hrabra da priznam da Danijel ne postoji. — Samo... morala bih da proverim sa njim... moguće da tada već ima neki angažman... znaš, on često putuje...

— Ne misliš valjda da dođeš bez njega? Molim te... ovo je idealna prilika da se svi upoznamo.

Da, baš. Pitam se da li će i Gabriel dovesti Karlu (dobro sam upamtila to ime) pa da svi onako zajedno sednemo i ponašamo se kao da se ništa nije desilo.

— Naravno. Pa, potrudiću se.

— Nemoj se samo truditi nego uradi. Sredi svoje poslove i očekujem te ovde najdalje do 15. marta. Tvoja će mi pomoć biti preko potrebna. Biće sve to malo i skromno, ali smo odlučili da napravimo ručak u bašti. Izgledaće fenomenalno. Već sam gledala neke dekoracije — uskliknula je oduševljeno.

— Naravno, draga, biću pored tebe.

Imala sam dve opcije. Da nađem preko noći nekog fotografa koji će glumiti da se zove Danijel, što je manje teško, i koji će isto tako glumiti mog voljenog, što je mnogo teža priča. Ili da priznam da uopšte ne postoji. U prvom slučaju izlazim iz svega kao „pobednik" nad svojom sudbinom, srećna i uspešna žena koja je nastavila dalje bez problema. U drugom slučaju izlazim kao gubitnik koji je toliko očajan da je morao da izmisli postojanje osobe. Pa, šta biste vi izabrali?

Što sam više o tome razmišljala, dovodila sam se u Gabrielovu situaciju. Mogao je u bilo kom trenutku da prizna da laže i time ispadne budala svetskih razmera ili da nastavi dalje i dalje dobijajući ono što je želeo. Moju prisutnost u svom životu, na bilo koji način. Da je priznao, sve bi bilo pod znakom pitanja. A vrlo verovatno bi ispao samo paćenik kome nikada ne bih pružila priliku za upoznavanje. Mogla sam sada da razumem zašto nije smeo da se otkrije. Zašto je nastavio svoju malu nevinu laž. Bio je zarobljen. Između želje i stvarnosti. Da, konačno sam mu pronašla opravdanja, ali ne i sebi rešenje. Najispravnije bi bilo da sada ja budem ta koja će pokazati kako se igra pošteno i priznam svoje laži, ali nisam to mogla da uradim. Nisam bila spremna na osuđivanje.

Pet dana do planiranog polaska ja i dalje nisam imala lažnog Danijela. Palo mi je na pamet da zamolim za uslugu nekoga od svojih prijatelja ili poznanika, jer bih samo njima mogla objasniti u šta sam se uplela, ali svakog od njih Kia je već poznavala i ta mi je ideja pala u vodu. Zašto se nisam setila nekog od njih u tom momentu, sve bi bilo mnogo lakše. Uh! Koliko daleko mogu ići sa ovim? Koliko nisko mogu pasti da ostanem visoko u nečijim očima? Ja nisam osoba koja to radi. Zato sam duboko uzdahnula, nazvala Kiu i... sročila još jednu malu laž.

— Danijel mi je upravo rekao da prekosutra putuje u Južnu Ameriku! Ima neki set koji je trebalo da se održi početkom aprila ali su mu pomerili datum jer... hm... ne znam, ima nekih problema oko isteka vize ili šta već... ne razumem se baš u birokratiju... ovaj, u svakom slučaju neće moći da dođe sa mnom. Žao mi je — ispričala sam sve na brzinu, odmah pošto se javila, kako se kasnije ne bih pokolebala i počela da zamuckujem, usput glumeći razočaranje zbog novonastale situacije. I tek kada sam sve to izgovorila u dahu uspela sam da izdahnem.

— O, to je tako... neočekivano... — rekla je Kia sumnjivo.

— Da. Možeš misliti, maler. Ali ne brini, ja ću uskoro biti pored tebe. To bi trebalo da bude jedino važno zar ne? — unela sam malo emotivne manipulacije. Tonula sam.

— Naravno! Jedva čekam. Čekaću te na aerodromu.

Kako je rekla tako je i učinila. I evo mene opet u staroj dobroj Firenci. Kada sam poslednji put odlazila odavde verovala sam da se nikada neću vratiti. Ali, ponekad život ume da bude i ringišpil. Čak i ako vi siđete ne znači da se neće vratiti po vas nakon što obiđe prazan krug. A sada je bilo vreme da se popnem.

Kia je došla sama po mene što mi je bilo čudno koliko i drago jer gotovo da se nije razdvajala od Karla od dana kada su se sreli. Tako je barem delovalo. Ali, to je značilo malo vremena za nas dve, što mi je toliko nedostajalo da sam bila neizmerno zahvalna. Ipak, slutila sam da se to desilo sa nekim razlogom. Uverila sam se u to kada je skrenula u grad Kjanti, govoreći da je pronašla mesto sa najboljom picom na svetu i da moramo svratiti i istračariti bez muškaraca okolo.

— Tako mi je drago da si ovde. Bože, toliko si mi nedostajala. I lepo je za promenu imati preko puta sebe ženu sa kojom možeš čavrljati. Svi ti muškarci okolo mesecima... — odmahivala je glavom. — Kunem se, zabrinula sam se da će mi se smučiti za ceo život.

Obe smo se nasmejale.

— Izgleda nekako drugačije — razgledala sam okolo.

Kia je slegnula ramenima.

— Meni je jednako divno kao i obično. Verovatno ti izgleda drugačije jer si ga prošli put upoznala tokom leta, sada je proleće, tek se sve budi. Trebalo je da vidiš kako je bilo tokom zime — složila je facu smrzavanja. — Možda si se i ti promenila pa na sve gledaš drugačije? — pogledala me je upitno tražeći na meni naznaku promene.

— Ne znam kako to misliš?

— Pa, prošli put si sve ovo gledala zaljubljenim očima... sada te ovde više ništa ne podseća na ljubav... — slegnula je ramenima. — Možda je Danijel uspeo da uđe u tvoje srce mnogo više nego što ti to predstavljaš ili prosto toga nisi ni svesna...

Ona je čekala odgovor a ja sam je ćutke gledala. Šta sam to radila? Ovo je bila moja prijateljica. Ona sa kojom sam mogla da podelim sve tajne. Jedina sa kojom sam mogla da pričam bez bojazni od osuđivanja. Šta nam se desilo? Jesam li nam ja ovo učinila? Jesam li nas ja ovoliko udaljila? A onda sam, shvativši to, briznula u plač i poklopila lice rukama. Kia se trgla.

— O, mila... pa šta se desilo? Jeste... jeste li raskinuli? To je razlog, zar ne? Zato nije pošao sa tobom?

Ona se brinula za mene, a ja sam sve više plakala tek tada shvatajući šta sam sve uspela da uradim svojim lažima. Kada sam se pribrala, skupila sam snage da je pogledam u oči.

— Danijel ne postoji!

— Kako to misliš, ne postoji?

— Tako lepo, nikada nije ni postojao! Izmislila sam ga!

— Molim? Ali, zašto bi to radila?

— Ne znam... ne znam... kada si mi rekla da Gabriel možda ima nekoga osetila sam se bedno jer on nastavlja dalje a ja ne mogu i onda... valjda sujeta... ne znam.

— Oh, ali... to sam ja. Pogledaj me — pokazala je rukama na sebe. — Nisi morala meni da lažeš. Ne želim da se osećaš ni malo drugačije po pitanju našeg odnosa samo zato jer je sada tu i Karlo, OK? I dalje možeš bezuslovno da mi veruješ i da mi kažeš šta god želiš. I to će ostati među nama. Znam da je možda zbog daljine izgledalo kao da sam sada više posvećena njemu nego bilo čemu drugom, ali ja sam i dalje tu. I ništa što mi budeš rekla neće otići nigde dalje od mojih ušiju ukoliko to ne želiš. OK, promenila sam zemlju i status, ali to sam i dalje samo ja. Ja se nisam promenila.

— Znam... — rekla sam tiho klimajući glavom.

A onda sam joj potanko ispričala kako je ta grudvica bele laži poprimila oblik lavine i kako sam sada mogla da razumem Gabriela zašto nije mogao da prizna svoje. Takođe je potvrdila da mi je još uvek stalo do Gabriela.

— Pa, izgleda da sam ipak zakazala kao prijatelj ako nisam uspela da razaznam da ga i dalje voliš. Mada, moram priznati da sam sumnjala. Ali sam verovala da taj Danijel radi dobro svoj posao i da ćeš vremenom moći da zaboraviš — sada se smejala. — Dobro, ništa nećemo reći nikome. Ostaće naša mala tajna, a za sve ostale ostaje priča koju si već rekla, i to je to. Nema problema — namignula mi je i nazdravila.

Na putu ka kući, Kia je malo usporila privlačeći moju pažnju.

— Vidiš... ono je njegova nova kuća — pokazala mi je na kuću koja se videla u daljini. Ne previše daleko od puta, ali ni preblizu. Kao i od Kiine kuće. Zemlja okolo bila je evidentno obrađena i zasađena, a videla sam i njegov obris u daljini. — Tu je, radi — dodala je tiho i nastavila dalje.

— Je li Klara i sada pored njega?

Kia je odmahnula glavom.

— Ne. Od Nove godine nije dolazila... još uvek — slegnula je ramenima.

— Da li zna da dolazim?

— Zna, naravno. Ali neće dolaziti kod nas, bez brige. Rekao je da neće smetati.

— O, ne, ne bih volela da zbog mene remetite neki svoj red...

— Ma, neee... uostalom, Karlo može otići njemu kad god poželi, što uglavnom i čini. On ionako retko dolazi nama. Mogu na prste jedne ruke izbrojati koliko je puta bio otkako si otišla. Svega tri. I to zato što je morao. I tada mu nije bilo baš ugodno.

Klimnula sam glavom prihvatajući to iako sam se pitala zašto je bilo tako.

— U svakom slučaju, ako ćemo već biti svedoci na venčanju, bilo bi uljudno da razgovaramo, zar ne? Svakako ću morati da ga vidim i da razgovaram sa njim...

XXIV POGLAVLJE

- Gabriel -

Voleo sam sva godišnja doba. U svakome sam mogao naći nešto posebno. Naročito u ovom kraju. Čak i zima je imala svoje draži. Služila bi za odmor i opuštanje ako ništa drugo. Čekanje na novo rađanje. Iščekivanje nekada ume da bude najlepši deo.

Ali proleće... vreme buđenja... imalo je posebnu draž. Cvrkut ptica, prvi zraci sunca, pupoljci na granama... rast biljaka... zaista sam uživao u svom malom raju. Miran i spokojan kakav nikada nisam bio. Ujutru bih šetao, sada već obilazio svoj vinograd. Toliko sam mu se posvetio i toliko ljubavi u njega uložio da sam mogao svakoj lozi dati posebno ime. Toliko sam ih dobro pratio da sam znao kako se koja ponaša. Nasmejao sam se sebi, obilazeći ih. Društvo mi je pravio moj pas, Fred. Uzeo sam ga prošle jeseni sa sobom kada sam se doselio ovde i otada smo nerazdovojni. Zajedno se razvijamo.

Najveći deo vremena provodio sam napolju. Iako je kuća bila dovoljno velika i lepo uređena nije mi godio zatvoreni prostor. Bašti sam posvetio posebnu pažnju i uživao sam u njenom rastinju. Seo sam pod nadstrešnicu i nastavio da rezbarim drvo. To mi je jedan od novih hobija koji se javio tokom zime. Naleteo sam na neki tutorijal na youtube-u i privuklo me je da probam. Imao sam na imanju i radionicu, dovoljno vremena i dobre volje... pa počeo da otkrivam svoju kreativnost. Prijalo mi je. Nekada i teralo da maštam.

Prošlo je nedelju dana kako je došla ovde. Nisam je video. Nije da nisam želeo. Više puta sam zaticao sebe kako krećem, a onda bih se vratio. Venčanje je za dva dana. Tada ću je svakako videti. Spremao sam se psihički na taj trenutak, da ostanem jak. Bila je jasna. Rekla je zbogom. Bila je to moja kazna za izrečene laži.

Nešto je zašuštalo pored kuće i Fred je zalajao.

— U redu je, druže, to je samo vetar — nasmejao sam se i pomazio ga, a on je poslušno vratio glavu na moje krilo.

Ali vetar nije bio sam. Doveo je nezvanog i ujedno najpoželjnijeg gosta, jer Majra je stjala tamo, ispred mene, lomeći prste na rukama.

— Zdravo! — konačno je podigla ruku ka meni, očigledno joj je bilo neprijatno.

Trebalo je da nešto radim. Da odreagujem, ali vreme kao da je stalo, kao i svi moji delovi tela. Otkazali su. Nisam mogao da se pomerim. Samo sam ostao tamo upijajući prizor kako bih potvrdio sebi da je stvaran. A onda se približila. Bože, ako je ikako bilo moguće bila je još lepša nego što pamtim. Sunce se probijalo kroz njenu kosu koju je vetar mrsio i davao joj crvenkast odsjaj. Skočio sam, iznenadivši i sebe.

— Majra?! Izvoli... uđi... mislim... sedi... — pokazao sam rukom ka stolici preko puta mene.

Klimnula je glavom i prišla.

Bilo mi je drago da je prihvatila da popije vino koje sam joj ponudio jer mi je potraga za njime i čašama dala vremena da se priberem i vratim za taj sto.

— Lepo... je li tvoje? — pitala je kada je probala.

Nasmejao sam se.

— Ne tako brzo, nažalost... zasadio sam lozu jesenas — pogledao sam u svoj vinograd sa ponosom. — Trebaće mu malo vremena dok dođe do ove faze — pokazao sam na flašu.

— Da. Čula sam. Iznenadilo me je to...

I dalje je atmosfera bila pomalo napeta, ali kao da je polako popuštala.

— To je nešto što sam oduvek želeo — rekao sam kratko.

— Pa, drago mi je da si to ostvario.

Klimnuo sam glavom sa ljubaznim smeškom. I zvučalo je iskreno.

— Kako si ti?

— Dobro... dobro... — slegnula je nervozno ramenima i razgledala oko sebe.

— Tražiš nešto?

— Mmmm... ovaj... — gledala je ka unutrašnjosti kuće, a ja sam pratio njen pogled pa se vratio na nju. — Karla... nije ovde?

Nasmejao sam se blago spustivši glavu i odmahivao.

— Ne, nije ovde. Karla je u Francuskoj... sa svojim verenikom — dodao sam.

A onda je nešto sinulo u njenim očima.

— Zaista? Ona ima verenika?

— Da — kratko sam odgovorio.

— Oh, mislila sam da... razumela sam... — nije mogla da sakrije radost koju joj je ta informacija donela. — Znaš... da ste vi...

— Ne. Nismo. Kao što ni ti nisi sa famoznim Danijelom — presekao sam.

Iznenađeno me je pogledala i blago crvenilo je oblilo njene obraze pa se spuštalo niz vrat.

— Kako ti... kako to znaš?

— Jer sam već prošao tim putem... ako si zaboravila.

— Hoćeš reći da lažov prepoznaje lažova?

— Ako ti je tako draže da definišeš neka bude i tako. Ali to su tvoje reči.

Ćutala je spuštene glave. Podigao sam malo svoje telo napred i oslonio ruke na sto.

— Zašto si ovde, Majra?

— Mislila sam da bismo trebali da razgovaramo. Bićemo zajedno na venčanju i onda... znaš, glupo je da ne razgovaramo tamo a sedimo uz mladence i sve to...

— Ako je to jedini razlog onda nemaš razloga za brigu. Ponašaću se sasvim normalno, kao da smo dva stara prijatelja, što na kraju i jesmo.

Samo je klimnula glavom.

— Da li je to jedini razlog?

— Uh, nije... — uzdahnula je. — Želela sam da ti kažem... da sada mogu da te razumem. Zašto si uradio to što si uradio. I... žao mi je što sam tako reagovala i spalila za sobom sve mostove.

— Reagovala si onako kako bi svako normalan reagovao u tvojoj situaciji. Nemam prava da ti to zamerim i nikada nisam. Ono što me je ostavilo povređenim je to što nisi odgovorila na moju ljubav. Ali opet, tako nešto u toj situaciji nisam ni mogao da očekujem, zar ne? Bila si sa razlogom nepoverljiva i verovatno uplašena. Ne krivim te zbog toga. Svestan sam svojih grešaka.

— Iskreno, nisam nikada sumnjala u tvoja osećanja. Bilo mi je jasno da se nisi pretvarao, nisi imao razloga za to. Samo... mislim da sam se uplašila, da. Ne samo celokupne situacije, već i činjenice da sam konačno pronašla sve ono što sam želela i što mi je bilo potrebno. To se ne dešava, razumeš? Možda u knjigama, filmovima... ali ne u stvarnom životu. Nešto je moralo biti iza svega, neka začkoljica... a onda je otkrivanje svega dalo odgovor na to pitanje. Uhvatila sam se toga kao dokaza sebi da nisi savršen. Trebalo mi je to. Ne znam...

— I nisam savršen. Nikada nisam ni bio. Da li sam se trudio da budem? Do đavola, da! Veći deo svog života sam proveo trudeći se da budem savršen. Savršen za svoju porodicu, savršen za tebe... samo nikada za sebe. Kada sam konačno shvatio da savršeno ne postoji? Upravo kada si ti otišla. Sve što sam smatrao savršenim se raspalo i shvatio sam da nikada nije ni postojalo niti će postojati. Ako želiš da budeš savršen moraš to biti sebi, ne drugima. Nije mi se dopadao taj čovek koji sam bio. Zato sam sada ovde — pokazao sam rukama oko sebe. — Ovo je za mene savršeno mesto. Ali da li je i za tebe? Pogledaj me, Majra. Ja više nisam onaj čovek u odelu, onaj koji ide od jedne do druge zabave prezentujući stil i prestiž. Običan sam poljoprivrednik. Ipak, isti sam onaj čovek ispod odela. Isti u umu, sa istom snagom osećanja. Ništa se od toga nije promenilo. Ali... šta je od svega tebi važno? To je pravo pitanje.

Gledao sam je sa nadom, podjednako spreman i na razočaranje. Ako odelo čini čoveka, kao što kažu, ovo je trenutak kada bi trebalo da ode. Ali ona je i dalje sedela. Mada ništa nije ni govorila.

— Moji će se dani nastaviti ovde. I biću verovatno više uprljan zemljom nego čist. Ali, ono što je najvažnije, obraz više nikada neću isprljati.

Tada je refleksno skočila i suznih očiju mi se bacila u zagrljaj, iznenadivši i mene i Freda koji je počeo da cvili u znak ljubomore. A ja sam se nasmejao.

— Toliko si mi nedostajao! — šapnula mi je na uho i sve čvršće stezala.

— I ti meni. I ti meni... — primio sam je u zagrljaj.

XXV POGLAVLJE

- Majra -

Kia je nosila jednostavnu belu haljinu koja na njoj nije mogla izgledati raskošnije. U kosu je uplela cveće i bila je prelepa mlada. Karlo i ona izgovorili su svoje zavete u sumrak u bašti njene kuće koja je bila ukrašena kao iz bajke. Gabriel i ja smo im bili kumovi. Sedeli smo za stolom jedno preko puta drugog, tik uz mladence koji su bili na čelu stola. Atmosfera je bila opuštena i vesela. Nije bilo mnogo ljudi. Njihovi roditelji, par prijatelja i mi. Gabriel i Karlo su prethodnih dana od starih paleta napravili improvizovani podijum, a na prozoru je bio zvučnik sa kojeg je dopirala muzika.

— Hoćemo li da plešemo? — pitao je Karlo Kiu.

— Mmm... radije bih prepustila otvaranje podijuma kumovima — rekla je sumnjičavo.

— Ali, na svakom venčanju mladenci prvi ustaju za ples. Meni je svejedno, samo sam mislio da bi ti to želela — odgovorio je.

— Ali ovo svakako nije bilo ni u jednom trenu konvencionalno venčanje pa želim da tako i ostane. Neka sve bude drugačije — mahnula je rukom kroz vazduh.

— Ili se plašiš da bi podijum mogao propasti? — zadirkivao je Karlo, a mi smo se smejali.

— Pa, moram priznati da ima malo i toga. Nisam sigurna baš koliko ste vas dvojica to dobro uradili... — uzvratila je, a Karlo je glumio da je uvređen.

— I tako je počela prva bračna svađa... — rekao je Gabriel i nasmejao se.

Ja sam ustala i pružila mu ruku preko stola.

— Ja pak verujem Gabrielovim rukama... — namignula sam mu. A on je prihvatio i sa ponosom uhvatio moju ruku i ustao, te me poveo do podijuma.

— Uuuuu, osetio sam neku vatru među tim rečima... — Karlo je dobacio dok je Kia pokušavala da mu rukom zapuši usta.

Gabriel i ja smo stali na podijum u zagrljaju za ples. Sa zvučnika se čula pesma koju smo onda slušali u njegovoj biblioteci. Nasmejao se kada sam ga upitno pogledala.

— Nisam imao ništa sa ovim, kunem se. Prosto se tako pogodilo — pa smo se oboje nasmejali. — Gde smo ono stali? Sećaš li se koraka?

— Sećam se svakog koraka sa tobom — rekla sam. — Ali, u najlepšem sećanju mi je kako ti vodiš... a ja te pratim... — pa je i poveo sa osmehom, a ja sam ga pratila.

I vrlo brzo bili smo sinhronizovani kao par na takmičenju.

— Da li bi me pratila i kroz život? — rekao je ozbiljnog izraza lica.

— Mislila sam da nikada nećeš pitati... — rekla sam sa osmehom.

— Da li je to... „da"?

— Svakako nije bilo „ne"...

Uzdahnuo je.

— Šta ću sa tobom Majra Jork?!

— Mmm... imam par predloga...

Oboje smo se nasmejali.

— Za početak... hajde da počnemo da završavamo stvari... kao što je ovaj ples... a onda... možeš mi osloboditi malo prostora u svojoj sobi — namignula sam mu.

Nikada nisam sumnjala u Gabrielova osećanja prema meni. Ali pogled i poljubac koji smo tog trenutka podelili ostavili su pečat za ceo život. Bio je to onaj trenutak. Onaj, u kome shvatite da ste na pravom mestu u pravo vreme. I u pravim rukama.

EPILOG

Tri godine kasnije

Prva godina života u Toskani mi je proletela. Kada je ispunjeno lepim stvarima, vreme uglavnom proleti pored vas. Učila sam italijanski. Što na časovima, što od Gabriela. Mada je ovo potonje mnogo zabavnije. Kako je i rekao, Gabriel je bio onaj isti čovek, samo sada istinski srećan i ispunjen. I ja sam bila takva pored njega. Zato nisam ni mogla da zamislim da budem ni na kojem drugom mestu. Ovo je bio moj novi dom. Volela sam ovo mesto. Uživala sam u njemu. Nije mi smetalo da obavljam nijedan posao... pomagala sam Gabrielu kada je bilo potrebno. Ali najveća pomoć koju je imao od mene bilo je samo moje prisustvo, govorio je.

Kada je loza pre dve godine prvi put rodila, Gabriel je bio presrećan kada je video grozd na jednoj od loza i obilazio ga svaki dan da vidi kako napreduje. Prvi uzreo grozd dao je meni. Stalno sam se pitala čime sam zaslužila ovog čoveka? A onda bih podsetila sebe da sam i te kako bila vredna svega toga. Vredna njegove ljubavi. I baš takva kakva jesam, savršena.

Nastavila sam da pišem. Moje kolumne nastavile su da se objavljuju, mada sam promenila tempo i sada ih ređe objavljivala. Imala sam vremena, ali sam želela da ga posvetim i drugim stvarima. Gabrielu, našem domu, našim prijateljima i rođacima. Godilo mi je i što mi je Kia blizu. Bile smo prave domaćice. Ko bi to od nas očekivao. Da mi je neko rekao da ćemo sedeti i menjati recepte ili govoriti o kućnim poslovima nasmejala bih mu se u lice. Ali, eto, život je nepredvidiv.

Gledala sam u Gabriela sa ponosom dok sam držala Freda u krilu i mazila ga. Mahnuo nam je i poslao poljubac iz vinograda. Danas će obaviti prvu berbu. Uskoro će se ovo grožđe naći u jednoj od flaša... a kroz par godina i na nekom od vaših stolova. Nadam se da ćete to biti baš vi, jer ćete imati sreće da ulijete iskrenu ljubav i hrabrost u sebe. Toliko je i u njega utkano.

- *Gabriel* -

Veliki pravougaoni sto i klupice koji su stajali u mom dvorištu, sam sam izradio. Bavio sam se time danima, možda čak i mesecima u radionici, ali nisam odustajao, sve vreme imajući na umu sliku u kojoj ih vidim. Sa mojom porodicom i prijateljima oko njega.

I sada, dok nas posmatram sve četvoro oko njega, dok uživamo u jelu i vinu ove letnje večeri, dok se u dolinama oko nas čuje samo naš smeh, znam da sam uspeo. Nisam bio srećan sve dok sam želeo da budem neko drugi. Onog trenutka kada sam shvatio da sam sam odgovoran za svoj život i postupke, moj se život i promenio. Uspeo sam. Neko će me možda nazvati glupim kada vidi šta sam sve imao i čime zamenio, ali to me ni najmanje ne dotiče... jer, prestao sam da živim od tuđih mišljenja. Jedino mišljenje koje mi je važno je ono od moje supruge. Sa strepnjom sam se usuđivao i da sanjam o tome, ali ipak sam uspeo. Majra je postala moja supruga, moj prijatelj i saputnik. Ja sam nju pratio putem interneta, a ona je učinila nešto mnogo hrabrije. Pratila je mene do brdovitih predela Toskane i ostala tu. Moja hrabra, odvažna supruga.

— Živeli! — podigli smo svi ruke uvis, kucajući čaše.

— O čemu razmišljaš? — pitao sam je kasnije dok je stajala na povetarcu lagano joj stavljajući maramu oko ramena. Ruke su mi se zadržale na njenim ramenima, a ona se okrenula ka meni i pogledala me kao da me proučava.

— O tome koliko bi mi žena trenutno pozavidelo jer sam ovde... sa tobom! Koliko njih bi te želelo za sebe...

Nasmejao sam se iskreno, jer mi to nikada nije bilo važno.

— Nečije želje su tvoja realnost...

ZAHVALNICA

Naslov knjige *Nečije želje su tvoja realnost* nastao je kada sam i sama čula te reči od jednog svog prijatelja, a koje su me naterale da dobro razmislim o njima, kao što ćete nadam se i vi.

Drugo pitanje koje se postavlja je: koliko je tanka granica između ljubavi i opsesije? Moji likovi su imali sreće pa je i završetak takav, ali to u životu ne biva uvek tako. Zato, ukoliko patite za nekim ko vam ne uzvraća ljubav zapitajte se još jednom da li je vredno vašeg vremena? Ali, najpre se odvažite da joj kažete da je volite.

Ipak, ono što jeste realno jeste osuda. Vrlo je lako osuditi nekoga ako se niste našli u njegovoj koži, ali kada i vas život dovede u istu situaciju shvatite, zar ne? Baš kao i Majra koja je letela iz laži u laž kako bi na kraju shvatila u kakvoj je situaciji bio Gabriel.

Hvala vam dragi čitaoci, vama i najviše vama, jer volite moje radove i šaljete mi neizmernu energiju svojim porukama. Vi ste mi vetar u leđa. Sa nekima od vas sam se toliko zbližila, iako se ne poznajemo smatram vas prijateljima. Jer, ukoliko neko tako nesebično pruža podršku ništa drugo ne može biti.

Hvala mojoj porodici, znajte da vas volim i kada to ne umem da pokažem. Hvala mojoj najboljoj drugarici koja toliko voli Italiju da je iskukala da prođemo i kroz nju. Ali, ipak ćemo se vratiti u Tursku, izvini!

Hvala Globland Books-u na divnoj saradnji i što plasirate moja dela u svet.

Hvala mom izvoru inspiracije. Dobro je da postojiš.

Ukoliko ovi moji redovi dotaknu makar jedno srce znaću da sam uspela.

M. Altun

O AUTORU

Mika Altun je pseudonim pod kojim piše autorka zaljubljena u reči, putovanja i sve oblike ljubavi. Iza tog imena stoji neko sasvim običan — diplomirani ekonomista, rođena 1986. godine, koja radi „od devet do pet", ali dušom živi među knjigama i likovima koje stvara.

Pisanje je za nju način da izrazi ono što rečima često ne umemo reći naglas. Njeni romani možda na prvi pogled deluju kao ljubavne priče, ali se zapravo bave ljudskim ranama, borbama i načinima na koje pokušavamo da se izlečimo — ljubavlju, razumevanjem i prihvatanjem.

Kao autorski alter ego, Mika Altun nastala je u julu 2023. godine, kada su njene priče prvi put podeljene sa publikom na platformi Wattpad, gde su naišle na snažan odziv. Iako je *Odbačen* njen prvi zvanično objavljen roman, prethodili su mu brojni rukopisi, među kojima i: *Nesporazum*, *Kolačić sreće*, *Jutarnja zvezda*, kao i trilogija *Znakovi* (*Tamo si gde trebaš biti*, *Svi su isti*, *Sve što smo prećutali*).

Njena dela vode čitaoca kroz emocije, ali i kroz stvarna mesta — jer svaka knjiga je, osim putovanja duše, i putovanje kroz neki novi grad.

Email: mikaaltun1@gmail.com
Instagram: @mika_altun
Facebook: Mika Altun
Tiktok: @mika.altun.writer

Mika Altun
NEČIJE ŽELJE SU TVOJA REALNOST

London, 2025

Izdavač
Globland Books
27 Old Gloucester Street
London, WC1N 3AX
United Kingdom
www.globlandbooks.com
info@globlandbooks.com

Naslovna fotografija
Rich Martello
(https://unsplash.com/photos/
a-scenic-view-of-a-vineyard-in-the-hills--yqCvYBdd4Y)